读一页书　舔一口蜜

英国作家乔治·莫尔（George Moore）在《我的死了的生活的回忆》（*Memories of My Dead Life*）中说：

我们根据自己与生俱来的性情发现神性。

龙冬

著

娇娘

浙江出版联合集团

浙江文艺出版社

北京读蜜文化传媒有限公司
策划

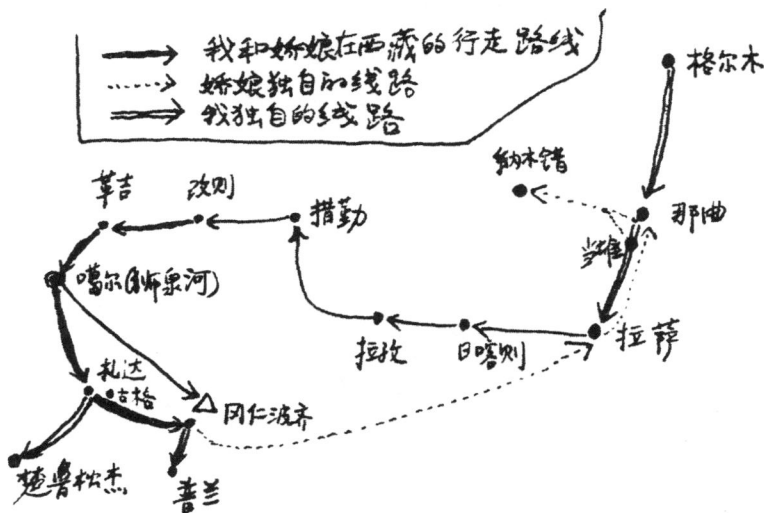

图例：
→ 我和娇娘在西藏的行走路线
⇢ 娇娘独自的线路
⇒ 我独自的线路

格尔木

纳木错

那曲

革吉　改则

措勤

嘎尔(狮泉河)

当雄

拉孜　日喀则　拉萨

札达
古格
△ 冈仁波齐

楚鲁松杰　普兰

达娃笔记本上的胡涂乱抹

路上的我简直
像你爷①.

在途中
同结伴
住过一夜
又要上
路了,
空气
清新
身上
就恢
复了
力量!

这是牦牛旅馆

古格王国遗址宫殿墙上的壁画·我没有你那份耐心画。

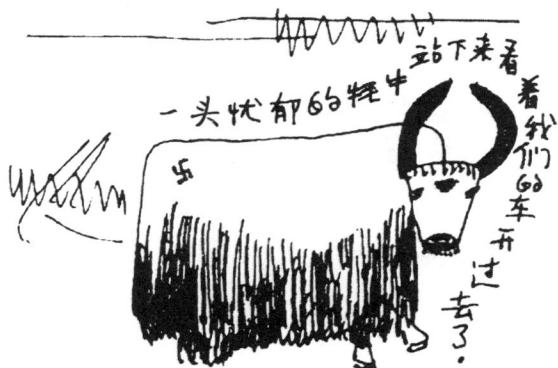

一头忧郁的犏牛 站下来看着我们的车开过去了。

我仿佛听到天边传来柴可夫斯基的 D 大调小提琴协奏曲.

这又是一处汽车旅店. 早晨画的.

一处废弃的
昔日王宫，
喧哗已逝，
唯有风声，
我的想象又
使自己要闹肚子？
姑娘叫我·她的声音
在城堡里回响。

寺院建筑上的法幢，
屋子里有护法神，

从塔青天葬
40能看到
冈仁波齐峰

娇娘进
到这座
寺院的大
经堂里
已有半天
了,左等
右等,她
还没有
出来.

玛尼石上的雕刻

这是一个藏族村长

娇娘说他像个教授

娇娘在西藏买到的旧货，我画着玩，

目录

自　序

　　这仅仅是一部小说。强调这一点，我以为非常必要。因为我以往作品中满意的部分，往往多数喜欢"阅读热闹"的朋友却并不乐意接纳。起初，我不理解这样的态度。后来经过一番思索，终于得出了结论：小说就是小说，不一定所有的小说都能够称得上文学作品，只有那些完全体现作家创作意图的小说，完全为作家自己和同行创作的小说，才可以列入纯正的文学艺术作品的行列中去。所以，就这个意义的层面来看，《娇娘》仅仅是一部小说，是一部写给多数人容易阅读的小说。只是在这部小说里，因为作者本人对文学的诚挚，必然使它带上了文学的色彩。至于纯粹的文学作品，那是我下一部长篇的任务了。

　　即便《娇娘》是写给多数人阅读的小说，我还是要在你阅读前或阅读之后说上两句话。我不希望你从中只看到西藏的旅行生活，不希望你只看到男女的浪漫爱恋，不希望你从中发现都市的隐情，更不希望任何人将这部小说视为一部奇异之书，并凭借着它揣度作者是否怀着怪异心理。千万别那么设想，否则你就会轻易地忽略掉人间的荒唐和谬误。我所希望的其实也并不深奥。我在创作的时候，始终有这样一些词语怀在心里——自然、都市、文明、孤独、信仰和历史。前两者，所指就是空间环境。历史是个时间范畴，我们谁也无法选择，更无法躲避其中的内容。而孤独正是文明矛盾之间一种常见心态。你孤独吗？如果你现在尚未感受到孤独，也可以了解一下别人的真实感受。我知道，你迟早也会孤独的。所以，我希望你看到简单的故事中蕴藏着的并不简单的——信仰。

　　算啦，我不说了。你进入阅读吧。或者，你现在就把它顺窗子丢出去，然后关灯睡觉。但我相信，一定会有人在你的窗子下站了许久。那人接住你丢下来的书，揣到兜里就跑掉了，很快地消失在夜色之中。你都想象不到他的神情是多么害羞。

第一部

1

在西藏的广大地区，有一首古老的诗歌从诞生一直流传到今天，它的作者是一位才华出众的大喇嘛。他这样写道：

在那东山顶上，
升起了皎洁的月亮。
娇娘的脸蛋，
浮现在我的心上。

东山在哪里？没有人知道。

当时，我意识到的东山不在日常习惯方位的东向，而是在西部遥远的西藏阿里地区。那里有一条冈底斯山脉，主峰海拔六千六百五十六米，是一座终年积雪不化的山峰，它的名字叫冈仁波齐。

这一年的夏天，我将要去往那个地方。

2

我出生于西藏拉萨，在北京长大。我的父亲是汉族，妈妈是藏族。起初，我户口"民族"一栏中填写的是汉族。我读书到初中的时候，父亲为了他这唯一的孩子将来升学就业能够得到些民族政策的照顾，就利用一次来京出差的机会，到派出所去给我改成了藏族。那么，我究竟属于哪一个民族呢？连我自己都不太在意。我是个藏汉混血儿。曾经有人把我这样二分之一的藏族和二分之一的汉族人称为"团结族"，以示藏汉民族团结亲如一家的意思，可是我总觉得这种称谓有点滑稽。

我有一个汉名，也有一个藏名。我的藏名"达娃"只有熟悉的人才叫，等同于我的乳名。达娃这个名字汉译出来，就是月亮或月光的意思。听大人讲，我降生的那个夜晚，一轮明月照得拉萨四围的群山银白夺目，拉萨河的流水也在明媚的月亮辉映下闪动着万千细碎的波光。这个名字是我妈妈叫我父亲给我取的。

北京午后的热浪紧紧地将身体包裹住。太阳下的建筑、地面和车辆、行人全都反射着耀眼刺目的白光，把整个都市装扮得犹如一所庞大的医院，所有背景都泛着白晃晃的颜色。这样的白色，是我幼年第一次回到西藏留下的记忆：阳光、白墙、深蓝浸紫的天空，我的记忆天旋地转。我的一只手探进裤兜里，妈妈从西藏给我寄来的一封短信和一张包裹单已经被腿上的汗气浸得潮乎乎的。

妈妈能来一封信，真是难得。在我从小到大的印象里，妈妈最懒于做的事情就是写信。她在这封信上说，我今年夏天去西藏如果可以成行，便到她那里住住。妈妈住在她晚年"出家"的尼姑庵山下的村落里，那个地方距离拉萨还有一天的车程。妈妈说她的身体尚好，只是两只眼睛得了白内障，看什么都模糊。

妈妈的信写得非常潦草，字迹歪歪扭扭，语句也十分生涩。我发现她的汉语表达能力也比过去衰退了。她始终都让我感到她的存在是那么遥远和陌生。

3

我接受了一家出版社的写作计划，沿青藏线到拉萨，然后去西藏的西部阿里地区考察。合同书上明确规定，在三至五个月的时间里，我必须平均每天向出版社的网站提交一篇千字左右的行走笔记，他们将即时发布。在我返回北京以后的三个月内，还要为出版社完成一部十五万字的游记文学作品。出版社方面为我提供两万元现金和价值一万多元的装备。我的装备包括笔记本电脑、单人帐篷、睡袋、防潮垫和一只军用背包。

这家出版社每年都要组织类似的选题，因为读者搜寻的目光正在转向西部欠发达地区，转向边疆少数民族的人文色彩和地理风貌。出版社的这个计划是行之有效的，上一次我就参加了骑马穿越内蒙古中部沙漠化草原的考察活动，回来后完成的作品好评如潮。但是，上一次我的装备里没有帐篷和笔记本电脑这些家伙。从上次的经验中，我预见西藏的这个写作任务最终也挣不到多少钱，除了能留下一台笔记本电脑，其他装备都将面临耗损丢弃的命运，有限的活动经费也将大大超支，以致要用出书所得的稿酬来弥补。好在我也不是为了金钱才参加这样的活动。在一年中，花上一段时间逃离喧嚣的都市，让身心求得一个平衡，还有什么能比它更美的？这是我的趣味，是我的一种生活方式，直白地说，这就叫事情也做了，玩儿也玩儿了。

孔老夫子说，三十而立。照我理解，今天的"立"就是在社会上能够靠自己的本事戳得住，就是有家有业。我已经三十岁的人了，却一直过着单身生活，肉体和思想总处于飘摇的状态。

4

爸爸退休前因为身体不适应高原气候，就从西藏调回了北京，那时候我爷爷和奶奶还在。爷爷、奶奶相继去世后不久，爸爸也退休了。他现在一个人住着四室一厅的房子，其中一间屋子里堆放着关于西藏的乱七八糟的书刊资料、乐谱和一架钢琴。这个"西藏通"从事了一辈子当地民歌的创作和研究，人虽然退了休，可事情一点也没减少。关于西藏文化艺术的各种会议、报告，都要他去出席讲话。西藏影视音乐的创作和著作约稿，他说到死也干不完。我看得出来，他对我的工作和生活也不满意，特别是我的生活，他认为毫无规律可言，甚至乌七八糟。我同母亲是有隔阂的，同父亲的隔阂似乎更大。记得我在大学读书时，每个周末回家同爷爷、奶奶和刚刚返京的父亲住在一起。我和爷爷、奶奶的话多，同爸爸的话就少得可怜。我觉着只要自己一回到家里，爸爸倒变成了客人的样子，他在饭桌上同我的交谈，大多是借助我奶奶来转达的。

大学毕业后，我被分配到北京的一家剧院当文学编辑。日常工作就是从大量外来稿件中筛选、修改剧本。这工作一做好几年，后来因为我创作的两个话剧接连上演，院领导这才将我调到创作室从事专业编剧。

我虽然年纪还不算大，可是已经在剧院里工作了整整九个年头。在这些年里，我的收入不丰，可换来的却是清心闲散，有大量的时间四处乱玩儿，有大量的时间用于读书和写作，否则我也创作不出那两个剧本。

爷爷先去世的。奶奶去世后不多久，我就从父亲那里搬出来，住到了剧院领导照顾给我的一间原先堆满道具的办公室里。

5

女友和我的关系已经有半年了。在和她好的这些日子里，我没有其他任何相好。剧院里那么多女演员，我一个都不沾，坚决守住"兔子不吃窝边草"的古训。

对女友，我一开始便是认真的。她比我小五岁，我们相识的时候，她正在表演系上大三，谁也没料想她毕业能分配到北京的另一家剧院工作。

在同女友之前，我的女人没少过。

我的第一次在自己刚满十九岁的冬天，是和系里的一位女老师。那位老师当时已经三十出头，人长得除了白，极其一般。后来我们再也没有丁点关系，每次见到，两个人都跟从没发生过什么一样。我只记得她压在我身上的时候，我掀开她扎得我脸上生痒的薄毛衣，推开她的胸罩，看到那两堆雪白的乳房。我极力地抬起头来用嘴艰难地够到它们，拼命咂吸。她就用那两只沙袋一样的大奶拼命地堵住我的嘴，差点没把我给憋死。她的面孔当时究竟是怎样一种表情，我恐怕连看都懒得再看一眼。

第一次以后，我的情欲之火再也扑不灭了。有那么一段时期，我可以同时周旋于两个女人之间，她们每一个都认为我对她钟情。直到半年前跟了现在的女友，那些乱七八糟的肉体关系才渐渐断掉。有些时候我也会想到，是不是现在的女友使我得到了满足？是不是我命中注定的那个相伴相随的人就是她？一切还都不好做出肯定的判断。女友确实长得漂亮，这可能是我喜欢她的理由。但我们之间的关系还从未想到要往更深的层次发展。

6

向剧院请了三个月假，还开出了一封到基层采风、体验生活的介绍信，我就开始了此次到西藏去的旅程安排和行装的准备。

　　作为编剧，我在剧院的工作内容，就是每年写一个小戏，每两年写一个大戏，另外除了开开会，再没别的事情可做，所以我的生活长期处于清闲状态。剧院的经费紧张，平常也没有为我们几个编剧提供采访和体验生活的专项经费，所以像这样有出版社资助的到少数民族地区考察的活动，对于剧院也是求之不得的好事。虽然我是请假，其实等于向单位负责人打个招呼，剧院不仅照常发给我工资，就连每月的奖金也一分不少。院领导希望我能借助这样的机会到各处走走，能够得到丰富的创作素材和灵感，他们相信我会拿出令人满意的本子。我说我宁肯玩情感，也不会去涉及所谓形式探索的游戏。他们说，我们相信你搞出的东西肯定不赖。我说只要你们放开我的手脚，好东西少不了，但千万别总弄成个鼓励在先，枪毙在后。院领导听过哈哈一笑，拍了拍我的肩膀。

　　凭我的经验，如此出门远行，行装的任何一项准备都要亲自动手，否则路上的慌张尴尬很容易就显露出来。三双袜子、两套内衣、两条外裤、一件美式军外套、一件毛衣、一件皮夹克以及睡袋、防潮垫、帐篷，这些东西在背包里外上下该如何依次摆放，也是有学问的，起码要按照行走地区的气候环境和可能的活动日程来安排。再就是防水手电、军用指北针、胶卷、尼龙绳、松紧带、电池、卫生纸、常备药品、洗漱用具、奥林巴斯小相机、信用卡、不锈钢饭盒和勺子，这些东西也各有各的合理位置，到用着的时候，一点也不会费事便可以取出来。贴身的东西只有一些现金、证件、记了必要联系人电话的小本子、圆珠笔、铁制弹弓和笔记本电脑，那把跟随我多年的瑞士军刀就挂在腰上。如果有谁要出门照我的线路远行，按上面的行装内容仔细准备，基本不会有问题，然后你就可以上路了。

行装在二十分钟以内就整理妥了。然后，我把那顶土黄色的毡帽往头上一扣，对镜子照照，非常满意。

爸爸准备了一些眼药让我进藏带给妈妈。他嘱咐我：路上当心，千万千万不要冒险，你就是爱冒险！能在妈妈那里多住几天就多住几天。别的，爸爸也没再多说，只是给我开出了十余种关于西藏风土、历史和人物的书目，叫我走前和回来写作的时候参考。

朋友们已经为我的这次出门连续饯行了两顿饭。我们还到酒吧去狂饮大醉。他们为我点唱的都是些人在都市心却飞向原野的歌曲，我记得有美国的《远航》、秘鲁民歌《山鹰》和田震的《干杯，朋友》。

　　　　朋友你今天就要远走，
　　　　干了这杯酒。
　　　　绿绿的原野没有尽头，
　　　　像儿时的眼眸。
　　　　想着你还要四处去漂流，
　　　　只为能被自己左右……

大家为我营造了足够的远行气氛，而我也确实被这样的气氛感染着。虽然已经去过四次西藏，心里还是怀着小小的激动，毕竟我是半个西藏人，我那另一半家乡在这帮朋友眼里是如此遥远和神奇。

7

第二天早晨，我要乘坐北京到青海的特快列车直达西宁。我计划到西宁以后，要为第二年一家出版社关于青海三江源的写作任务，先花一个星期的工夫到果洛州玛多县去探探路，因为那里距离黄河源头不远。从玛多返回西宁后，再乘火车到格尔木。在格尔木休整两天，乘长途客运汽车走青藏公路穿过藏北，翻越唐古拉山经那曲到拉萨。

这一路，我心里明白，其实没有什么工作好做，等于游山玩水。单单一条青藏线我已经上下走过两次了，不会有多少新鲜感。之所以这么走陆路而不从天上飞进去，一是为了在进入西部阿里地区前热热身，二是为了节约经费。当然，在我的工作正式开展以前，经历这番折腾真是自找苦吃。但我的中间站大本营是拉萨，那里有许多朋友，另外还要到妈妈"出家"的村庄上住住，所有这些想必能够使我的体力同精神得到恢复补充。

我叫了辆出租车往西客站去。天气还没有进入七月，就已经热成了这个样子，清晨的风从车窗灌进来也是热的，而我的行囊里全是冬装，那种遥远的感觉在我还没有离开北京的时候便已经强迫着让自己感受到了。这时我的脑子里什么也没有，只在瞬间想到了爸爸对我的进藏考察看得平平淡淡，又想到已经四年没见到妈妈了，这回见到，她是什么样子？她会怎样看我？

列车驶离站台。我从车窗看出去，远处高高耸立的中央电视台发射塔，好像漂浮在水面上一样，缓缓往后移动。这个城市，有什么让我留恋的吗？我想不出。每一次出发的时刻，我都会习惯地将种种希望寄托在路上。甚至，前一天女友还问过我：你在路上会不会有艳遇？我的回答是：那可说不定。因为对我来讲，生活的流动永远高于静止和凝固，一旦安静下来，那种莫名的恐慌就会像巨蟒一样将我死死缠住。

8

妈妈退休以后，她在拉萨的家就没有了。

退休前，妈妈是群众艺术馆的一名职工。爸爸调京，原本妈妈是可以一同来的，可她怎么都不愿意到内地生活，觉得内地生活对她有着非常大的压力，于是便一个人留在了拉萨。妈妈的"出家"其实也不是去当尼姑，而是变卖了拉萨的房产，在拉萨市东面林周县乡下一座小尼姑庵的山下为自己盖了房子，一个人住在那里过起了读经的生活。

尼姑庵里的领经师是妈妈的童年好友。四年前我去西藏看妈妈，陪同她到那座尼姑庵去过一次。我想恐怕就是那次她们的会面，决定了妈妈退休以后的生活。从妈妈寄来的照片上看到，她把头发剪得短短的，身上的藏装也变成了一身棕色。人们都习惯叫那些晚年离家信佛、脱离尘世生活的人为"根却",妈妈说自己就是"根却"。但我清楚她还不纯粹是传统意义上的"根却"。她住到寺院边上,虽然有信仰的因素,另外也是图个清静,图个乡野气息。

妈妈从小就在一户贵族的庄园里做仆人,直到一九五九年西藏民主改革,主人外逃去了印度,妈妈这才得到彻底的解放。因为她是孤儿,又不会种地,便被动员到部队的文工团当舞蹈演员。那时她还不足十三岁,对一切新鲜事物充满好奇。我见过她当年的一张标准像照片,大大的棉军帽下压着两条细长的辫子,面孔美得让人惊叹。这哪里是我想象中那个时代的西藏人,分明是内地上海的一个资产阶级家小姐弃家出走参加了解放军的样子。照片上的妈妈虽然年纪不到十三岁,可看着却有十七八岁的成熟。

在部队文工团干了近十年,妈妈复员到地区文工团继续跳舞,直到随我爸爸调到拉萨。妈妈的文化水平很低,藏文可以简单地阅读,但几乎不会书写,汉文的阅读和书写要强于藏文,那是在部队里学习的,所以转业到群艺馆也就是晃晃悠悠地做些杂事,说不上她的本职究竟是什么。

妈妈在地区文工团的时候,爸爸因"文革"的冲击被下放到她那里,他们便结识了。在此之前的一九六〇年,爸爸从北京中央音乐学院作曲系毕业,响应国家号召,主动报名到祖国最艰苦的地方工作,就去了西藏。

爸爸在西藏最初的几年,就已跑了许多地方,学会了一口流利的藏语,搜集、编写了大量藏族歌曲和音乐,并且创作出一部歌剧。那些年,声名鹊起的他,不仅在西藏,即使在全国范围,也有着相当的影响。

二十世纪六十年代末，爸爸被下放到地区文工团，虽然给他的"罪名"是艺术先行，他却凭着与藏族同胞的深厚感情，凭着他的以诚待人、性格开朗，在基层也没有受到任何歧视，反而得到了周围同事，尤其是藏族同事的爱护。

爸爸在西藏多年一直单身，他在一次高烧重病中，妈妈关心他、照顾他，他们就结合了。妈妈当时已经二十三岁，年纪也算不小了。爸爸比她要大八岁。他们的结合在当地一时传为佳话。

结婚一年多以后，妈妈生我之前肺部感染，被紧急送到拉萨治疗，所以我便落生到了西藏的首府。我一出生，便由父母带回北京。爸爸照顾了我三个月，妈妈带了我小半年，他们先后回到了西藏。接下来，我同爷爷和奶奶相依为命。其间，我曾两次到西藏去看望父母，他们也三番五次地来京探亲，然后我长大成人。

大学毕业后，我又两次到西藏去看妈妈，眼下这回是我第五次进藏了。

9

我从青藏公路进入拉萨。

在进藏以前的路途中，我先到青海黄河源头玛多县等地转了十多天，这也是为下一年的采访写作活动探路。没有想到所见的草原沙化得那么严重，人畜严重缺水，流动的沙带将牧民的房屋都掩埋了，夏天的牧场泛动着严酷冬季才有的冷风，天地一派昏黄。

我原先计划在青海顶多待一个星期，结果实际情况使我多待了将近一个星期。每个白天都忙于找人采访，就环境的、地理的、气候的、历史的、艺术的、农牧的、水利的等多方面问题进行了初步咨询。每个晚上，我睡眠不超过五个小时，阅读文字材料、整理笔记。平均每天往北京的网站发回两千字的行走笔记。网友们在当天或第二天就对我的行走笔记给予反馈。虽然在路上只有我一个人孤零零地走着，但网友们在我文章链接下的"帖子"给了我温暖和充实。我没有时间和条件在网上同他们聊天，知道他们每时每刻关注着自己就行了。

在西部偏远地区用 E-mail 往北京发稿，也并非一件方便的事情。拨号上网在西部省城刚刚兴起，基层的州县城镇大多还在终端设备的测试当中，除电信系统内部的专门人员外，其他人多没听说过什么"上网"和"网吧"。在北京非常简单的拨号上网，到了西部的基层州县就失灵了。万般无奈中，我来到州上的一个电信局，好不容易才联系到他们办公室里唯一的一台能够上网的电脑，然后向帮助我工作的人员展示出我自带的小巧玲珑的笔记本。他们对我的小电脑好奇极了，纷纷凑上来询问。我请他们在我的电脑上敲打敲打，他们却谁也不敢碰一下，生怕弄坏了我的东西赔不起。这个时候，我提出要用自己的电脑接通他们的电话线拨号登录上网，他们高兴地同意了。于是，趁大家不备或者还不大懂，我便盗用了他们电信局的拨号密码。

这以后，我在青海不论走到什么地方，只要有一根电话线，我上网便毫无问题。否则，如何能发得出那么多行走笔记？所以，照我这般行走写作的人在外面是多么地不容易，这仅仅是一个小小的例证。我的脑子和行动都要训练得特别灵敏，否则干不成任何事不说，有些时候恐怕还要面对天灾人祸，搞不好连小命都保不住了。

如此将一双"黑手"伸向帮助自己的人，我心里是很不忍的。私自这么想：实在是对不起大家了，我也是千里迢迢来为贵省贵州贵县做宣传，为"西部大开发"鼓与吹了。如果我早半年来，你们恐怕连个电脑也没见过。晚半年再来，兴许就不用我出此下策了，那个时候恐怕"网吧"已经遍布大街小巷了。原谅我吧，让我们一同对未来充满信心！这么一想，我的内心释然了，我的犯罪感也就变成了荣誉感。我工作得更卖力了，居然买了一大包西药，跑到黄河源头地区扎陵湖和鄂陵湖之间的措哇尕什则多卡寺住了一宿。那边的牧民刚刚开始收获羊毛，我就把带来的药品一户一户地送给他们。

此行我也了解到，黄河源地区这两年的气候有所好转，几场雨水过后，草原渐渐绿了，沙化问题在气候作用和人工的保护下得到了一定缓解。前两年黄河源头断流，现在蜿蜒平坦的河床上细流不断，在阳光下缓缓闪动，仿佛小提琴在 E 弦上奏出的细腻音乐。

从青海玛多县返回西宁，辗转经格尔木到拉萨。这一趟的工作尚未开始，我的体能已经有所消耗，感到了疲劳，便打算在拉萨停留两天，然后去看望妈妈。

10

　　拉萨已经同我上一回来时全然不同。除了高高矗立在红山上的布达拉宫，除了环绕大昭寺的八廓街，整个城市都是全新的模样。主要大街两旁的人行道上，也同内地城市一样铺着红红绿绿的花砖地面。

　　夜晚来临，拉萨城亮了，多彩的霓虹灯闪闪烁烁，许多建筑物同树木都被灯光映衬着轮廓。隔着饭店酒家的落地窗，可以看见里面吃海鲜的食客。到处都能找见"网吧"，到处都有娱乐场所。迪厅里传出震天动地的噪声。酒吧、茶室、咖啡厅里人满为患。超市、桑拿、按摩、保龄、足浴、电脑的招牌随处可见。这就是我小时候生活过的那个寂静的地方吗？三三两两的行人和几只游荡的野狗出没的街道已经不见了，那时的拉萨对我来说好像一部无声电影，它的静谧曾经让我心里怀着小小的慌张，使我感到孤单。

　　拉萨的城市面貌正在同内地都市缩短着距离，街上跑着的出租车几乎全都是"桑塔纳"，很少见到"夏利"。我的感觉是现在的拉萨许多方面比内地的大都市还要奢靡。

　　按照我的打算，原本初到拉萨暂且先不跟任何朋友联系，只想一个人安安静静地得到休整。往后的路还长着呢，把一切工作做完，离开西藏前再同朋友们见面也不迟。可是不料想，拉萨城市规模就那么一点点大，在宾馆安顿下来刚要到街上走走，便在大堂里撞上了一位熟人，他因为正在接待客人，便急急忙忙地寒暄几句，约好了第二天见面。

雨后的傍晚，阳光把拉萨染得金黄灿烂。在街上走着，我仿佛闻到了雨后泥土的香气，还有一股淡淡的、弥漫着的烧牛粪的青烟。妈妈正在准备晚饭吧？我知道她不怎么会做饭，我们还是要吃猫耳朵牛肉面吗？身边猛地停下一辆轿车，是一个朋友。这下可好，我明白热闹就要开始了。

其实，朋友们在我进藏之前就已经从报纸上得知了消息，知道我要回来为西藏撰写一部作品。

"达娃啦，你这个牛仔，都说你回来了你回来了，可怎么都不见个人影，原来你小子躲着大家呀。"在我的名字后面加个"啦"音，是表示尊敬的意思。

我把头上的毡帽往上推推，说："今天刚到，这不，才住下。"

"你不要说了，先上车走人！"

"走哪儿呀？"

"你就别管了，什么也别问，什么也别说，什么也别想。"

朋友一边驾车一边很快地打出去五六个电话。"达娃，跟你说吧，我们现在也都是忙人。你来了，就成了大家放松聚聚的机会，你只管听我们安排。"

我这时好像一下子便从多少天的旅途劳顿中解脱出来："好！好！我要喝酒，狂喝！我要吃手抓肉，狂吃！我要歌唱……"

"狂吼！达娃——牛仔！"朋友接了话茬儿。我们大笑。

老朋友们见面总有说不尽的话。

"达娃啦，你现在还一个人呀。"

"一个人。"我说。

"真是一个人？谁信！"

"当然也有个情儿。"

"这就对了。下回来，把女朋友带上吧。出门这么久了，要不要先给你找个地方摸腰？"

"我不想找乐子，我又走又写的，已经累得没欲望了。"

"哈哈哈哈……"

接下去的几天里，不说白天了，因为我上午都在睡觉。到了下午，就会有车子来接我出去。我总是说："兄弟，求求你了，再不要洗澡了，下午洗晚上洗，一天洗两三回，我实在受用不起，身上洗得就剩下骨头了。"

在我的一再恳求下，弟兄们把洗澡改成了喝下午茶。

我发现这些很小就泡在西藏传统甜茶馆里的弟兄，现在他们可以为我安排一切，却是谁都不乐意陪我再去坐坐隐藏在小巷子里的传统甜茶馆，那种地方曾经是这座城市里让我感到最美的去处。

"你们不去，我就找不回过去的你们，那我要撒娇！"

弟兄们嘻嘻哈哈地陪我去甜茶馆。可他们一个个名牌西装、名牌 T 恤的，围着一个浪游人坐在茶馆白色的遮阳棚下，连我都觉得不自在，引得那些老年茶客紧盯着我们看。

朋友们现在大多不到甜茶馆里喝酥油茶，或是用牛奶和红茶熬制的甜茶。他们嫌甜茶馆那地方不卫生，他们愿意在家里喝，他们更愿意去那些装潢讲究、窗明几净的现代茶室里喝绿茶、花茶和水果茶。

他们说："咱们现在上岁数了，甜茶胀肚，喝多了容易高血脂，酥油茶又对胆不好。"

我说："你们真是讲究到胃里了。"

茶后，我们去吃饭喝酒。

饭毕，到歌舞厅乱吼。接着转场到藏式酒吧"朗玛"观摩西藏民间歌舞，完了又转场去灯光昏暗的酒吧喝鲜酿黑啤，然后再转场吃夜宵。如此日复一日，每天都搞到下半夜两三点钟才回宾馆休息。

朋友们简直把我当成了一个常年在外、终于从蛮荒之地返回家乡回到城市的游子。我又是他们的骄傲，朋友们都不知道该怎样招待我才能表达出他们的欢喜。尤其那几个阿佳（姐姐）和小卓玛、小索珍、小央吉，她们虽都已成家有了孩子，却也整天陪着我，到深夜都不肯散去，睡眼惺忪地听我们这些男人谈文学、谈西藏宫廷音乐和民歌、谈绘画、谈西部大开发、谈WTO、谈酒吧、谈画廊、谈小剧场戏剧、谈青藏铁路、谈西藏未来的发展、谈边境贸易、谈文物古迹的保护，谈得海阔天空没有边际，许多话题我们谁也不知道是怎么串在一起的。我们唯独不谈金庸，不谈足球和比尔·盖茨，我们觉得这个世界变得够冰冷了，我们不想再雪上加霜。我们一律反对恐怖主义，但我们又更多地指责那些发达国家，我们对广大的发展中国家和地区充满同情。

说实话，我这个人还就是在意这样热闹的友情氛围，它能一下子就让我把西藏认同为家乡了，甚至令我一连好多天忘记了给北京的爸爸打电话。我在拉萨玩得忘乎所以。

每天喝那么多酒，可是回到宾馆还无法立刻入睡。一天的经历、人物和话题，总在脑子里打转转，让我兴奋得难以安眠，于是就躺在床上开着电视机看书，有时也顺手做点奇思异想的笔记，直到凌晨才昏昏睡去。

朋友们也有热情地拉我到他们的家里住，说那样可以为我节省些经费，也好彻夜长谈。我都婉言谢绝了。我还是喜欢有条件便住宾馆，尤其喜欢宾馆的简洁方便和一个人的安静。住在人家里，老人、家属、孩子、保姆的，我怕乱，更怕客气，不自在。

这么在拉萨住住，一个星期似乎没两天便过去了。我想到了妈妈。该去看看她了。

11

就在我离开拉萨到乡下看妈妈之前，发生了一件大家都说有意思的事情。我当时无论如何也不会想象到这件事情在后来对自己的影响那么大，以致彻底将我摧毁。

这件事情的确是同某个女人联系在一起的。

那是在离开拉萨的前一天，我独自到八廓街转悠。那天上午，阳光明媚，空气干燥清新，没有一丝风。藏式建筑顶上拴挂的五彩经幡轻微飘动，仿佛把时间也给凝固住了，世界都在静寂里，这正是我所要的感觉。在这样悠闲的感觉里，我不知所往不知所求，似乎被阳光牵引着，又好像为寻找一块阴凉的地方，便走向大昭寺小广场南面一家茶座的二层平台。

平台上的茶座是露天的，头顶遮了块印有红蓝吉祥图案的白色篷布。清凉的空气从三面飘来。我只要了半磅暖瓶的甜茶，抽着烟无所用心地观望着周围和广场。

有几个男女老外坐着聊天、喝矿泉水、抽烟，他们的茶几上摆放着照相机、摄像机和两本厚厚的关于西藏的英文图书。他们偶尔看我一眼，议论着我头上的牛仔帽同他们当中某位先生的一模一样。我有点难为情，喝了热茶头上冒汗，就摘了帽子。我摘帽子，那老外也摘帽子。他摘帽子，我又戴上帽子。他们冲我乐了。我朝他们点点头，问他们从哪里来，他们说北京。问我，我也说北京。他们频频点头。我又问他们从哪里来，他们恍然大悟，说美国。他们问我是北京人吗，我说，闹闹，我是印第安人。他们怪异地看着我。我说，我是西藏人，长相上近似贵国的印第安人。他们回味了一下，笑声爆发出来。

大昭寺那边桑烟缭绕，青青的烟子散发着草木的香气。五星红旗垂挂在广场的旗杆上，鲜艳夺目。附近街道上汽车、行人、地面的人影、三轮车、摩托、小公共汽车、各色遮阳伞、肥胖的交通警察、彩色的游客，乱乱哄哄。人群里不时闪现着僧人的绛红色袈裟，他们三三两两，单手或双手搭在额头上，看不出他们站在街头望远找寻什么。四个小乞丐嘻嘻哈哈地猛跑，后面叫嚷着追上一个商摊的大丫头，差点儿撞到正在巡逻的两个年轻武警身上。我的所在非常凉爽，那太阳地里看着有些烫人。同我一样观望着广场景象的还有个外国姑娘，她一身紫色，遮阳帽也是紫色。这位紫色静静地独自坐着，一只手臂支在茶几上，半天丝毫不动。她的腿上放着个大笔记本，想起什么便在本子上写写画画。她是法国人吗？她同那位叫玛格丽特·杜拉斯的女作家认识吗？我无聊地想。

我的茶也喝得差不多了，结了账又点上支烟。正当我起身要下楼的时候，眼睛无意间发现零乱的广场上匆匆走过一位高个女人。她止步左右躲闪着迎面的行人，头上戴了顶斑斓的遮阳帽，那帽子非常醒目，如同一只硕大的蝴蝶在人们的头顶上扇动着翅膀。她梳短发，肩膀一边还挂着绿色的画夹，胸前吊一台小相机。我角度站得偏高，宽宽的帽檐儿和玲珑的墨镜挡住了她的面孔，但从她成熟而又窈窕的身段看，我觉得她应该如圣母般美丽。不过，这般看人，凭经验得到的结论往往相反。可是我又不愿意放弃对这个女子美丑的判断，她逗引着我赶忙下楼追随出去。

置身在人群里，那只蝴蝶在前头闪动闪动忽然不见了踪影。我摘下帽子寻视，如何也找不见她，甚至怀疑刚才是否看走了眼，真是大白天撞上鬼了。

我这时感到一个人逛街真没意思，便考虑打道回府。转念又想，既然到了大昭寺，那就围着寺院顺时针转上一圈吧，也算是为我此行的工作顺利祈祷，为妈妈眼病的治愈祈祷。

八廓街上的铺面商摊一家连着一家，各种工艺品、香水、鼻烟、香料、首饰、绸布琳琅满目，大都是从印度和尼泊尔来的。我漫无目的地走走看看，结果找见了一家画廊。

这家画廊所在的屋子，记得过去是一户与尼泊尔联姻的藏族人经营的首饰店。我径直进到画廊里，一幅幅观看墙上、地上、桌案上悬挂摆放的大大小小的油画和版画作品，也有不少的素描和西藏传统绘画的壁挂"唐卡"。

我的目光在这些绘画作品上轻轻抚摸，然后静止在门口一只小板凳上。那只斑斓蝴蝶样的遮阳帽又出现了。我这才注意到门口里面坐着一位年轻的女子，她正埋头在画夹上描速写，手上居然还燃着一支细长的女士坤烟。她描几笔，抬起头轻轻地吸一口烟，然后像吹口哨样地慢慢把烟子吐出去，眼神迷离地望望外面。阳光由地面反射到昏暗的屋子里，正好映亮了她的脸。我的判断是准确的，事实比我的判断还要出色。这是个汉族女子，年纪与我相仿，大眼睛，慈眉善目，面庞柔和，肤色有点黑。我一眼就认出她长得近似观音，但没有观音的雍容。或者她的形象哪些地方同印度人相似？一般人可能在她的脸上身上发现不出什么特别的地方，可她的形象恰恰是我梦寐以求而不得的。我一下子便让她给吸住了，当然吸住我的还有她的气质。

"嘿，小姐，这画廊是你的？"我问。

"噢，你好。"她抬起头看我，似乎刚刚发觉店堂里还有我这么一位顾客。

"你好。"我说，心里有点慌张。

"你看上了哪一幅？"

"只是看看，看看。"我旁顾左右，"这画廊，你开的？"

"不是。我只是帮人照看一下。"她的态度显得冷漠，"请随便看吧。"说完，她又埋头于她的速写。

我转了一圈站到她身后："嘿，你的画挺好。"

"谢谢。"

"学这个的？"

"对。"

"在什么地方学的？"

她又抬头看我一眼，笑着摇摇头，然后什么也不说，继续她的速写。这个时候，她包里的手机响了。她拿着电话站到店门外边接听。我在店堂站了有三五分钟，听见她在外面打电话，对方似乎是她的一个女朋友，她说自己跑到拉萨来了，什么时候回去还定不下来，等回去再聚吧，等等。好像她的电话一时半会儿还结束不了，我就无趣地出来了。

转了一圈八廓街，阳光晒得我满头大汗，可是心里还惦念着刚才画廊里的那个女子。她的美仅仅属于我一个人的，我想。可她究竟是个什么样子？转眼又变得模糊了。不成，我要再去画廊看她，即便无法相识，我也要把她的形象刻在心里，否则今后会有无尽的遗憾。

待我就要走到那家画廊的时候，脚步紧张得都快迈不动了。我暗暗地骂自己，怎么搞的，怎么一下子就变得腼腆啦，真没出息。

我壮起胆子走到画廊门口。那女子已经不见了。往画廊里张望，一个黑头黑脸的藏族男人正抽着烟用英语接待三个外国游客。我在店堂里站了一会儿，趁他说话的间歇，我用藏语问："格啦（先生），您店里刚才那个画画的汉女在不在？"

他眼珠子爆得溜圆："你问她干什么？"

"我只是问问。"

"她走了。"

"先生能不能告诉我她去了哪里？"

"哈古吉买！"他不客气地说他不知道。

完了。结束了。我的梦醒了。美好的人儿永别了。

但是，我依然不死心，神思恍惚地围着八廓街又转了一圈，希望再见到那个女子。结果，连她的影子也没有发现。燥热的印度音乐和尼泊尔歌曲从商铺中传出来，挑逗般地往我的耳朵里猛灌。

12

晚饭前，我把白天在八廓街的经历说给朋友听。

一个警察兄弟说："这容易，走，咱们现在就到那家画廊去。你说的那个男人是老板，叫旺扎，也是哥们儿。你达娃这个牛仔就这么点愿望，我能不帮你实现吗？"

"你不要跟我吹牛。"

"我吹牛？你达娃啦也不看看我是干什么的。你上次问的那几个大案哪个咱没掺和着给破了。"

"那叫'参与'。"我纠正他。

"就是参与嘛。这点事，没有问题的。"

"真的容易？"

"当然容易。"他说。

"那好，咱们走，快去快回。"我说。

"走，上车。"

我们立刻开"212吉普"到八廓街去。因为车上挂的是公安牌照，我们一直把车开到了八廓街上，搞得那些傍晚转经的人以为公安来办什么案子，纷纷闪在一旁看热闹。

黄昏的八廓街同城市的西区真是形成鲜明的对比。一个是历史格调的，一个是现实的；一边显露着无声的精神，另一边则是喧哗与骚动。我说不上自己究竟更认同哪一边。我还年轻，也许年纪大了的时候，我更认同八廓街每日黄昏默默转经的人流。

那家画廊这时正在上门板打烊。车子停到门口，朋友不下车，身体趴在方向盘上扭头冲里面喊："旺扎，旺扎啦，旺扎啦，你能不能出来一下？"

那个黑头黑脸的老板旺扎欢欢喜喜地从里面出来了。

"什么事？别叫，周围还以为我这里出什么事了。"旺扎双手一边搓着一边说。

朋友给旺扎递上一支烟："怎么就关门了？"

旺扎说："晚上几个朋友要打麻将，又没有客人，就早点收吧。"

"怎么，什么事？"旺扎望望车里陌生的我。

我朝他点了一下头。

朋友介绍说："达娃，从北京来，作家。旺扎，这画廊的老板。"

旺扎又同我点点头，然后他伸进来一只手跟我用力握着。

旺扎说："你白天来过嘛。"

我笑笑。

朋友说："旺扎啦，说的就是这件事。你店里有个汉族姑娘吧，画画的？"

"对呀，她出事了？"

"看你吓的，别一问什么，就出事了。"

"怎么，你说吧。"旺扎莫名其妙。

"那女的是什么人？"朋友问。

"她也是从北京来的，跟你一样。"旺扎看我一眼，"来旅游的，会画画，要下乡，身上钱不多就借我的地方卖画。她出事了？"

"你看看你，怎么又是出事了！没那么严重，达娃啦想'丢'那姑娘。"

朋友说的"丢"，可以理解成北京话"拍婆子"的"拍"。"拍婆子"就是找姑娘的意思，好孩子不会这么说。

旺扎眯着眼笑了，又望望我："谁知道她明天还来不来。不过，她明天好像要到那曲一趟。她这两个星期在我这里卖了不少画，光美金就收了四五百，够花一阵子了。"

"她住哪里？"

"这我不知道。"

"她卖画你提成多少？"

"她又不在我画廊，临时的。我只提百分之三十。"

"你他妈还挺黑。"

旺扎笑笑，斜视着我："这女人一般嘛，岁数也不小了。"

朋友转过脸对我说："达娃，估计你看走眼了，高原反应。咱们走吧。"

"走不走，旺扎？一起吃饭，也算跟达娃啦认识一下。"朋友问。

旺扎说："今天不行，都约好了。明天我请达娃啦，怎么样？说定？"

"达娃啦明天到林周去看他妈妈。"

"真的吗？"

"真的真的，旺扎啦，谢谢你。"我说。

"达娃啦谁不知道，听说过，给我次机会。"旺扎说。我不清楚他从什么地方听说过我，听谁说起过我，但他这么说话，让我感到一丝虚荣和亲切。

"那就等他回来。"朋友问，"达娃啦，你到林周几天？"

"三五天吧。"

"那好，一言为定，等你回来。"旺扎又对朋友说，"到时候你安排。"

朋友和旺扎接着聊了几句，然后车子启动。

我说："旺扎啦，刚才真的不好意思，我们是闹着玩儿的。"

"哎，喜欢就是喜欢嘛，这可不能闹着玩。不过，也看不出那女人有什么，要真是一眼让咱觉得漂亮，那还能留不住？"旺扎嘿嘿地笑道。

"真那么看不上吗？"朋友问。

"也不能说不好吧，达娃啦的意中人，还可以吧。达娃啦，你放心，只要有消息……"

我笑着又跟旺扎握了握手。

一位朋友主动为我安排了辆"沙漠王"越野车，要司机陪上我去林周乡下看妈妈。我推脱不掉他的美意，只好听从安排。

第二天上午，我到菜市场上给妈妈买了几箱水果和蔬菜，又到藏医院门口的药店去买了些"珍珠七十"和常觉、芒觉藏药，然后就上路了。

13

"达娃，达娃，你真的回来了。"

天色已经暗下去。妈妈双手拉住我，额头紧贴着我的额头，接着便抹眼泪。

妈妈现在就是我从照片上看到的样子，只是人比照片上要显得老一些，头发也灰白了。她还没有五十五岁，腰板挺直，可面孔看着却如同内地六十好几的老人。

"达娃，你是不是又长个子了？"

"怎么可能，我多大了？阿妈啦，我都三十岁了。"

"可不是嘛，你三十岁了，阿妈也老了。"她说，"你胖了，比上回见你胖了。"

"阿妈啦，先不急着说话，酥油茶有没有，快请师傅喝。"

我们坐在妈妈的起居室里。

一个十四五岁的小保姆送来了茶，妈妈摇动着暖瓶为我们把茶斟上，然后她便到厨房去为我们准备食物。

司机压低了声音跟我商量，说我的朋友让他跟着我，两三天返回拉萨。可是，看到我们母子这样的见面，他觉得我是不是应该多住几天，他先回拉萨，约定哪天再来接我，听我的吩咐。

我谢过司机，说不必了，朋友也是一片好心，但咱们现在约定什么对我对你都不方便，还是让我自由些，你也免了麻烦，这儿离公路不太远，到时候我可以搭车回拉萨。

司机同意了我的安排，一再说对不起。我说你这话等于骂我，难道我住十天二十天你也跟着住下去？司机说，如果可以他没关系。我说，算啦，你还是明天一早回去吧，这样也好让我和妈妈安静地待上几天。

妈妈的小庭院真不错。院子里草坪一边是并排的三间屋子，里间作为起居室，中间是小经堂。她为我在经堂的旁边靠近院门处准备了另一间单独的屋子。她说你写东西需要安静，你看看这里行不行。你不回来住，这里就堆了杂物，小保姆住，你说要回来，我们这才收拾出来。我说太好了，我非常喜欢。妈妈听过又抹眼泪。不过，看她哭，我自己却如何也感动不起来，就说，阿妈，先让师傅早点吃饭休息吧，他开了一天车，很辛苦，明天还要赶回拉萨，有什么话咱们一会儿慢慢说。

我的房间被妈妈收拾得干净清爽。估计她这么一个不太懂得收拾的人，能把一间屋子打扮成这样，也真是用了不少的时间和精力。房间里挂着明黄的窗纱，书桌上铺了明黄的台布，椅子上是明黄的座垫，就连床上也是明黄色的被单和枕头，完全像个高僧住的屋子。记得跟妈妈的一次通信里，我说过非常欣赏她小经堂里的黄颜色。我还注意到，妈妈居然为我准备了一个小书架，那上面松松散散地摆着几本我曾经在西藏读过的书和一个镜框，那镜框里是一张我和父母在布达拉宫前的合影。那个时候，妈妈总是盘着乌黑的头发，迈着轻盈的步子，沉静地跟在爸爸身后。

14

妈妈端上来一大碗手抓羊肉，又亲手炒了两个菜，下了面条。

吃过饭，在我的屋子里安顿好师傅休息，我便到妈妈的房间去。

"我想着你这个月就要到了，左等不来右等不来，刚好昨天晚上我梦见了一个穿白袍的人骑着匹大白马朝这边跑来，醒了我就想，这么吉利的梦，是不是预兆着你要回来了，这不，你真的就来了。"妈妈说。

"我在拉萨多待了几天，撞上阿龙、扎顿、欧珠啦一帮朋友，还有阿佳卓嘎啦她们。"

"你们都见了？"

"他们请我的客，就玩了几天。"

"阿龙啦上个月下乡还来看过我。"

"他说了。"

"听说你阿佳卓嘎啦离婚了，孩子给了她男人。"

"我知道，可我见到主要还是她带孩子，那女儿真聪明。"

"现在的年轻人不珍惜感情。"

"合不来，住在一起也是麻烦。"

"你今天的车是不是次仁的？"妈妈问。

"不是。宣传部的一个朋友给我安排的，他很热心。"我说。

我们喝茶。妈妈的房间里点的香过于浓郁了。墙上的挂钟嘀嗒走着。时间才十点，周围这么宁静，远处偶尔传来几声狗叫，院子里那条小藏獒的铁链子哗啦啦响动着。小保姆在厨房里睡了。我似乎听到山上松林间有风刮过，还有近处一条大河的流淌。北京真远，三里屯那一带的酒吧正是热闹的时候。女友的演出已经结束了，她一定伙着一帮人正在东直门簋街吃麻辣小龙虾。女孩子为什么都爱吃麻辣小龙虾？她们每人一次能吃掉三五十只。

北京很热。我现在身上穿着毛衣。

"爸啦好吧？"妈妈问。

"挺好的，就是忙。"

"他总是很忙，都这把年纪了。"

我望了望妈妈，问："你的眼睛现在感觉怎么样？爸啦很关心你的眼睛。"

"有了白内障，现在还看不大出来。自己觉得看东西已经模糊了。"

"你就是不愿到北京手术。"

"用不着。现在拉萨的医疗条件，这个手术只是小小的，到时候还有保姆照顾。"妈妈说，"这个孩子很懂事，手脚勤快，就是前面那个村子的，她家孩子多，她就跟上了我。"

说着话，又停电了。妈妈点起两支蜡烛。

烛光摇曳，我们的影子同暖瓶、茶杯的影子就在墙壁和桌面上晃动。我抖出一支烟就着蜡烛点着。

"拉萨现在不停电了。"我说。

"拉萨变化很大。这里乡下还不行,等明年水电站修好,电也用不完。"妈妈说,"你这回到西藏这么久,做什么?"

"我还能做什么,给人家写东西。"

"你和爸啦一样,都是文化人。"

"什么文化人。干活儿吃饭吧。"

"你挣的钱够用吗?"

"阿妈啦,看你问的。"我笑笑。

"我知道你们北京的工资低。爸啦给你钱吗?"

"我自己过,不要你们的钱。我一直不就是跟着爷爷和奶奶过吗?"

"那时候我们忙,在基层顾不了你。一直把你放在北京,也是为了让你受到好的教育,当时这主要是你爸啦的意思,一开始我不大同意,后来看这么做也是对的。"妈妈说,"你是不是也应该考虑成个家了。"

"不急。"

"不急你也三十岁的人了。"

"阿妈啦,你就别操这个心了,我现在还不想。"

"那你有女朋友了?"

我想了想说:"还没有。一个人挺好。"

妈妈叹口气。电停过一会儿又来了。我的眼睛一刹那间还不能习惯光明。蜡烛吹熄后的烟子轻轻飘散,我喜欢闻蜡烛熄灭的味道。

"阿妈啦，你这个地方住着挺好的。"

"还方便。院子里今年打了口压水井，用水也方便。"妈妈说，"你要不要洗洗睡觉？"

"还不困。"我说，"阿尼啦还好吧？"我问的阿尼啦是妈妈那个在寺院里的朋友。

"她好，前天到拉萨参加政协的会去了，你要是多住几天就能见到她。阿尼啦经常问到你，她很关心你的情况，还为你的旅途祈祷过呢。"

"阿尼啦是一个很慈悲的人。我还记得上次我跟你从拉萨来看她，我跟她聊天主教，她特别有兴趣听。"

"她现在也忙，据说她打算在寺院旁边建一所女子扫盲学校。她还让我帮她当当教员哪。我说我的文化水平低，做不了。她说我总可以教教算账和拼音，那些文盲一个字也不会写。"

"这样也好，阿妈啦你也有事情做做。"

"看吧，其实我也想做点事情。"妈妈说，"我还打算到时候让小保姆也去学习一点文化。"

15

时间不早了。师傅那边已经鼾声如雷，我只好在妈妈小经堂里一种叫作"溜"的牦牛毛编成的卡垫上睡下来，身上盖了被子。

不知什么时候落了细雨，院子里沙沙地响。

窗外，远山后面的天空隐约有粉红的电光闪现，可是静听了半天也不见丁点雷声传来。

我躺着。脖子、头上和身上痒痒的，好像有小虫子在爬动。开了灯查看，什么也没找见，然后又关灯睡下。

远处的闪电更亮了，渐渐地听到了沉闷的雷声，犹如万驾大车在滚动。躺躺，还是睡不着，要看书，可是行李都在师傅睡的房间里。桌案上摆放着用黄色绸缎包裹的藏文经书，我不懂藏文，没办法看。想抽烟，又觉得在经堂里抽烟不好，便忍住了，只好在黑暗里张着眼睛乱想。

我的想法是从下雨和晴天开始的，然后拉萨八廓街上的强烈阳光出现了……

连我自己都觉着奇怪，怎么一想便首先想到了前一天在拉萨遇见的那个女子？我究竟被她的什么吸引着？为什么不想一想自己北京的女友？我强迫自己想念女友，但是想着想着又想到那个女子身上去了。她的形象猛然一闪，非常清晰，如在眼前：她朴素、清纯，可是又多少显出城府；她圆润，却一点也不胖；她干净的目光里偶尔会流露出一丝忧郁、愁闷和烦躁；在她的冷冷的沉静当中，还掺杂了热情、浪漫和天然的快乐。她的一切都表现得那么矛盾，无法让人一下子看清晰。我分析，这个女人的感情一旦释放出来，谁也招架不住。

那女子的样子就这么一闪便逝去了，想抓却再也抓不住，好像一段曾经非常欣赏的旋律，在不留神的时候撞响了自己的神经，你要把它唱出来，那唱出来的旋律如何都不准确，而且过后它瞬间即逝，也许穷尽一生地寻找，也永远不可能找到。美是难寻易逝的。经验告诉我，越想记住的美，就越是记不住。我不是没想过她和谁有一点相似，她同现在某位走红的影星、歌星或体操、跳水明星长得很像。可是疲倦地想到最后，我必须真实地得出判断，她不是她们。她是唯一的，她的形象固然难得，她的气质更是不可重复。

16

我和妈妈之间依然存在着陌生的感觉。记得我四岁的时候，见到来北京探亲的父母，我战战兢兢地躲到奶奶和爷爷身后，死活也不肯叫他们一声。几天过去了，还是奶奶连哄带骗地才让我叫了他们。可是，我怎么都不习惯他们抱我亲我。现在，我跑这么远来看望妈妈，总觉得是作为儿子应尽的义务，我甚至刚来就开始暗暗地计算起时间，已经打算着什么时候离开了。刚才，妈妈还问过我能有多少时间住在她这里。我说了自己在西藏的工作还没有正式开始，又在青海和拉萨多用去了两个星期，时间真是有些紧张。妈妈说你完成任务比什么都重要，这里你愿意的话，我希望你多住些日子。我说，那就住上三四天吧，等我从阿里回来，情况允许便住半个月，也好安安静静地整理笔记。

妈妈说，好吧，明天你先好好休息，然后你陪我到热振寺去两天。我说，热振寺我没到过，正好去看看。

17

太阳将庭院照得通亮。

师傅同我和妈妈喝茶，吃了糌粑，就一个人驾车往拉萨赶路。车子沿开阔谷地的小路一溜烟跑出老远，接着便驶上山路。车尾扬起的尘土在阳光里播撒着，如同一团洁白的雾气，远远的还能看见。

送走了师傅，觉得自己的所在尤其安静了。因为头一天我们到达的时间已是傍晚，周围环境都隐藏在昏暗的暮色里，便没有对这个坐落于山脚居民点的四周环境留下任何印象。

空气清凉。我甩着胳膊同妈妈往回走，抬头望见半山腰绿树掩映着的黄墙白塔和红房子顶部的金色，那就是阿尼啦所在的尼姑庵。妈妈所住的尼姑庵山下的居民点只有十来户人家，房屋、庭院错落有致，炊烟在头顶上缭绕。许多人家白色院墙上贴满了褐色的牛粪饼。趴在院门外的狗冲我狂叫，被它的主人喊住了。一群嘻嘻哈哈的小孩跟在我身后。有老人微笑着向妈妈和我打招呼。我一一向迎面而来的人问候，他们都知道我从遥远的大城市来看妈妈。他们的表情都带着友好和尊敬。

妈妈的庭院里种了许多花草，还有一棵树上结着十几个青苹果。她的生活非常简单，一日三餐，多数时间用来读经，再就侍弄花草，或者到半山腰的尼姑庵里转经祈祷，偶尔还去乡民家串串门。妈妈如此这般的生活，的确与我们在北京的日子反差巨大，难怪爸爸和我怎么劝，妈妈也不愿意到北京去，她说自己一到北京就会感到透不过气来。可是，我对父母的感觉，还不完全是他们自己说的那样相互难以适应。我觉得他们之间在感情上似乎存在着隔阂。这隔阂在我有记忆的时候就已经出现了。

在我曾经不多的几段和父母生活的日子里，他们之间的争执和沉默总是交错发生。原本我同他们就陌生，加上他们关系如此地不融洽，我觉得这个世界上他们俩谁都不存在也不是一件坏事情，我甚至不愿意见到他们，能躲避便躲避着他们。来自父母任何一方的亲情，我都认为虚假，并且感到别扭。爷爷和奶奶把我带大，但老人的唠叨也真让我难受。从小到大的无数梦里和臆想中，我多希望有个哥哥姐姐陪伴着我，就像别人家的孩子一样，尤其是他们的姐姐无比温情，岁数比他们大不了许多，他们可以玩到一起，他们谁也不寂寞不孤单。所以，当妈妈告诉了从未对我说起过的家庭往事的时候，我好像早就有了心理准备，一点也没有惊讶和慌张，似乎一切复杂经历对我而言都不过是平常自然的事情。该发生的事情其实早已发生，如同从一个遥远星系传递的微弱光芒，它在千百年以前就已经放射出来，只不过让地球上的我们刚刚看到。

18

又住了一夜，妈妈便带我到热振寺去。

那天我们背着饼子和水，徒步上山下山，走了大半天才到地方。

我们先在草坝子上一户人家的帐篷里安顿下来，然后到寺院里去转经。

一整天，我注意到妈妈非常沉默，有几次对我欲言又止。

"我刚才为你和爸啦祈祷。"从寺院出来，妈妈走在前头说。

"你都祈祷了什么？"

"为你在西藏的工作祈祷，为你将来的生活祈祷，也为你爸啦的身体健康祈祷。"

"你为自己祈祷了吗？"我问。

"当然了，我也为自己祈祷，让佛祖保佑我的眼睛不要瞎。"

"那怎么可能呢，你不会瞎的。"

"让我活着的时候能看见你。"

"没那么严重，阿妈啦。"我说，"到时候你还是去北京做手术吧，然后住一段时间，家里的房子也挺大的。"

"北京我是不想去了，除非你自己有了家，我可能会去看一看。"

"我觉得你跟爸啦的关系真是怪。"我说。

"是怪。"妈妈说，"按照汉话说叫没有感情吧。"

"这是怎么说的？"

"怎么说，这就叫缘分。"

一轮红色的月亮刚刚升起。我和妈妈往山下的草坝子赶路。

"其实，有些事情你现在也应该知道了。"妈妈说。

"什么事？"我问。

"你爸啦一点都没给你说过？"

"没有。阿妈啦，究竟什么事情，你就说吧。"

妈妈停了半天:"快到住的地方了,咱们就在这里吃点东西歇一歇。"

我们坐在一处背风的石头上,周围坡地上都是粗大的古松树。妈妈吃着饼子,又不说话了。

我问:"阿妈啦,你是不是想告诉我点什么?你说吧,是不是你和爸啦的事情?"

这时候,我注意到她的眼睛里出现了闪亮的东西。

"我想了很久,要不要告诉你。本来商量过应该是爸啦告诉你,可是我看你到现在还不知道。"妈妈说,"我估计要爸啦他开口也困难。"

妈妈说这番话的同时,我心里杂乱无章地闪过了很多东西。我首先想到自己不是他们亲生的孩子,或者他们有一方不是我的亲人。

"你爸啦在和我之前有过一个家,你知道吗?"

"怎么回事?"我急着问。

"他原先结过婚。"妈妈说出这话仿佛松了口气,"他还有过一个孩子。"

"什么?阿妈啦你说清楚。"

"我也并不都清楚。但是我从你爸啦那里知道,那个女人来西藏支边当小学老师,听说是教唱歌的,后来她家里出事被押送回了杭州,她是杭州人。她和你爸啦分手后因为生孩子难产当时就去世了。"

"这是什么时候的事情?"

"大概一九六六年。"

"我还是不明白，怎么听着这么乱。"

"据说那女人的家庭出身非常不好，她父亲做过国民党的特务。文化大革命一开始，她父母因为被人检举揭发，畏罪自杀了。那女人也跟着倒霉，怀疑她也是特务。组织上让你爸啦和她断绝一切关系，要不然你爸啦的前途也会被她断送掉。这件事情当时来得很突然，你爸啦说一天深夜他们家里来了几个领导和公安，让那女人穿了衣服就被带走了。当时她已经怀了孩子。你爸啦说他又痛苦又害怕，不知道发生了什么事情。紧接着，你爸啦也被隔离审查。因为他过去不了解那女人的家庭背景，只知道她的父母都是做买卖的，所以几个月以后解除了审查，后来就下放到我们那个专区。再后来，我们就有了你。"

"阿妈啦，你等等。"我打断她，"你是说我爸还有一个孩子？"

"对，是个女孩子。一生下来，她妈妈就死了。那时候，你爸啦已经和那女人离了婚，又在隔离审查当中，后来听你爸啦说，那个女孩子当时可能就被别人领养了。"

"被谁领养了？"

"不清楚。你爸啦也从没跟我详细说过。我只知道你爸啦这辈子就对那个女人好，他总是暗地里想着她，还偷偷存过她的一张照片，他把那个女人一直埋在心里。过去我不理解他，可是我们在一起这么多年，他的心也从来没有跟我近过，我们的感情不和，也不全是我的问题。"

"那，阿妈啦，你还知道些什么？"我问。

"就是这些了，别的你要回到北京问你爸啦。"妈妈说，"咱们走吧。"

"好的。"我说，"阿妈啦，我爸后来没找过他的女儿吗？"

"我想他一定是找过的，但好像失去了线索，最后也没有什么结果。我也问过他，希望他能找到女儿，可是他说自己命里就没有那么一个女儿。"

"怎么会没有线索呢？知道她出生在哪家医院，这不很容易就能查到吗？"

"反正他没有找到。"妈妈说，"所以你刚才问我在寺院里的祈祷，我除了为你和爸啦祈祷，也为你爸啦的那个女儿做了祈祷，她真是太可怜了。"

19

这一夜，我同妈妈借住在牧民的帐篷里。灶台下面燃烧着羊粪球，泄漏出的红光将我的脸映得非常温暖。

现在，我已经得到了一个确凿的消息，我的确有过一个同父异母的姐姐。我在想，她比我大五六岁。如果她还活着——她应该活着，她在什么地方？在杭州吗？她是做什么的？她已经成家了？有没有孩子？她长什么模样？我不是一直想要个姐姐吗？这一切该不是梦吧？我的手在被子里用力地掐自己的大腿，告诉自己这不是梦，这不是梦。我忽然又回想起少年时代的一个情节。

那一年，我刚上小学二年级。爸爸从西藏回北京探亲。一个中午，我们都在午睡，我已经忘了是让一个什么样的梦给惊醒过来。我醒来就哭了。爸爸吓坏了，问我怎么回事，做噩梦了吧，没关系的。我只记得那一会儿自己非常孤独，便鼓起勇气说出了自己的愿望。我说："爸，爸，我想有个姐姐，我喜欢姐姐。"这个情景至今都在我记忆的最深处埋藏着。爸爸听我这么一说，神色慌张，赶紧跪到床上抱住我的头，说："你怎么会有这个想法？你有的，你有姐姐。"然后，他再不出声了，我当时奇怪他为什么也要陪着我一起掉眼泪。

妈妈还在卡垫上翻来覆去。我把这件往事告诉了她。

"你一说，我也想起来了。你爸啦好像跟我说起过，他说他当时被你吓死了，他甚至怀疑你从什么地方听到过，可是你爷爷、奶奶都没有对你说过这件事。"

"爷爷和奶奶也知道吗？"

"他们当然知道。"

"他们见过那个女人吗？"

"见过。你爸啦说他们一起回过一次北京。"

"你们所有人都对我隐瞒了这件事情，而且一直瞒到现在。"我说，"你们也真够可以的。"

妈妈不说话了。我现在心里所想，就是要赶紧完成在西藏的工作，回到北京从爸爸那里得到更确切的答案。我甚至想到一定要设法找到那个长久萦绕在梦里的亲人。

往事止不住——浮现出来。几个个子高出我一头的男孩将我围在胡同口，他们问我有没有姐姐。我骗他们说有。他们说你姐姐是不是大眼睛很漂亮。我得意地说她确实好看。他们提出要我把姐姐带出来介绍给他们，否则以后就不会放过我。我答应了。后来，他们又截住我。我跟他们说实话，自己根本就没有姐姐。于是，这就招致了他们一顿暴打。回到家，爷爷和奶奶见我被打成那副惨样，问究竟和谁打架了。我什么也不说，只是吹嘘自己把对方也打得够呛……

我心里被妈妈说出的这些朦胧的家庭往事搅乱了。于是，第二天就和妈妈回到她住的地方。

妈妈和我从来都没有过这么多的交流。我们又聊了一夜家事，天一亮，我就背上行装离开了。

妈妈一直将我送到公路边。很快，我便搭上一辆"东风"卡车，把行李往车斗里一扔，再用绳子拴牢。

妈妈说："路上注意安全。等你从阿里回来。你一定要来啊。"

我说："放心吧，我一定来看你。"

车门外后视镜里，妈妈的身影被尘土遮挡了。

20

我向来对承受各种压力感到自信，但这一回我还是被家庭沉重的往事搞得精神涣散，心情无比沉郁。疲乏从心里从骨头里一阵阵冒出来。

我搭乘的卡车车况不好，是一辆几近报废的旧车，除了下山的路跑得疯狂，一遇到平路和上坡，时速绝对在三十公里以下。车子始终晃晃悠悠的，如同一只破损的摇篮，我好像将自己置身在一家铁匠铺子里，任何地方都发出不间断的丁当乱响。迟缓的车速和噪声真是可以催人入睡，加上头天夜里同妈妈聊得很晚，车一开动，景色单调，脑袋昏昏沉沉直想打盹儿。司机对我这样坐在驾驶台里沉默的搭车人显然不满，我也尽量控制着自己的瞌睡，有意识地不断为他点烟，但我就是不愿意说话，只想静静地闭上眼睛。

到拉萨的时候，天已经黑了。司机问把我拉到什么地方住宿。我说找最好的宾馆。他说那就是拉萨假日酒店？我说假日酒店也太贵了，干脆去屋脊宾馆吧。

屋脊宾馆也是一家星级酒店，我想现在只有奢侈一下才能让自己得到安慰。

多少天没有洗过澡了。住下以后，洗了澡，打电话叫餐厅送一碗汤面上来，吃过就躺到床上。这时我感到浑身疼痛，测试体温，没有发烧，就想这恐怕是跟自己的心情有关。躺了躺，脑子里总有这一天路上的山水景观在打转。睡不着，抽烟。开了电视，一个台一个台地搜索过去，我也不清楚究竟要看哪一个节目。

我命中真的还有一个亲人，有一个姐姐吗？我想了她这么久，她真的就在这个世界上？她此时此刻在什么地方？她正在做着什么？我依然沉浸在这件事情里。她在我的头脑中如何都挥之不去，那种欣喜和胆怯，这两天时时缠绕着我。

电话响了。谁？铃声仿佛从遥远、神秘的地方传来。

我懒懒地接听。一个小姐细声细气地说："先生，需要服务吗？"

"不要！"我挂断电话，"去你妈的。"

电视里正在播放"地球故事"，其中有几个青藏高原的镜头。我紧盯着电视看，画面外的解说却一句也没有听到耳朵里。半天，才意识到用遥控板将电视的声音调出来，声音猛地被我调到最强，然后又渐渐弱下去直到静音。

电话又响了。我让它响，不接。也不是绝对不接，如果它能再响九声，我就接它。

一声，两声，三声，四声……还真他妈有耐心。果然，电话响到了九声。我接听。"先生，晚上好，要不要服务？"电话那边又是一个细声细气的女人。

"刚才不是说过不要吗？"我故意问，"到底是什么服务？"

"那你看啊，先生，我们有头部按摩、足底按摩和全身按摩，全身按摩包括港式、泰式和日式。"

"日式是什么，泰式又是什么？"

"那先生，您可以试一试呀，很松骨很舒服的，强身健体呀，可以让您减轻高原反应。"

"我没有反应。"我说，"强身健体？瞎掰吧。"

"您可以试试呀。"

"算啦，你就直截了当说吧，有没有到位的服务？"

"您指什么到位？"她装傻。

"就是他妈的打炮，你不懂吗？"我火冒三丈。

电话那边好像受到惊吓，"嚓"的一声挂掉了。

前几天在拉萨的宾馆里住了那么些日子，怎么没遇上这样的骚扰电话？我把这件小事匆忙过了一下脑子，结论是那几天自己晚上都在外面，回来已是下半夜了，所以即便有骚扰电话打来，房间里也没有人。长期一个人到处走，另外就是过早地学会独立生活，我习惯对身边的任何细节都不放过，这似乎已经成为自己的毛病了，至少一些朋友认为我有这个毛病。

21

这一觉睡得真是舒服，没有任何梦境出现，大概是我从北京出来二十多天中难得的一次睡眠。刚醒来的时候，还不知道什么时分。拉开窗帘，明晃晃的太阳自上而下地洒满了房间，将零乱的床铺也照得热热的，散发着干爽的味道。看看表，是上午十一点钟。我躺在床上开始做一天的具体打算。这也是我出门行走写作养成的习惯，就像每日的晨练或做功课。往往第二天的大计划要在头天夜里确定下来，而具体实施则在当天早起的床上盘算清楚，然后迅速起床——行动。

前一天晚上因为身心疲惫懊丧不堪，所以第一次放松了自己，没有对第二天和以后的日子做个初步计划。今后再也不能放松自己了，必须抓紧眼前的工作，暂且不要被扑朔迷离的家庭往事干扰。那么，我现在应该补课，粗线条计划：首先，撤离这家宾馆，换一家干净的招待所，我经费有限，这样开销大的住宿今后将不再考虑；其次，争取今天下午到阿里驻拉萨办事处去，了解去往阿里狮泉河镇的货运大车情况，并且如有可能便确定后天离开拉萨，走北线经措勤、改则和革吉前往阿里，此行计划将用掉一个半月时间，再到妈妈那里住半个月，共两个月；最后，今明两天继续休整，查阅有关地图和资料，设定重点采访目标，做好行前各项准备，包括按照下一步行走整理装备、换洗衣服、到邮政储蓄取钱、采购药品、给父亲和北京的个别朋友打个电话等。

一切确认以后，我对自己能在这么短促的时间里做出如此完善的决策非常满意，于是迅速起床，连带洗漱又冲了一个澡。然后，为节约经费起见，抢在中午十二点以前把房间退掉了。

背着行囊走出宾馆大门，我没要出租车，径直到街边上拦了一辆人力三轮，把行李和自己往车上一搁，说："不多远，到牦牛旅馆。"

22

我已有四年没来拉萨，这个城市的变化非常明显，可是整体格局却没有多少改变。那些小街小巷，我真不是吹牛，闭着眼睛都能走完。我要去的牦牛旅馆就在距离八廓街不远的一条狭窄巷子里。

记得原先到牦牛旅馆经过的巷子人粪遍地，臭气熏天。现在那些地方的管理非常严格，许多墙角旮旯容易引人屎尿的地方围起了铁丝网，或者在地面上撒了白色石灰以示洁净。城市新建了不少公厕，肮脏景象在今天的拉萨已经找不到了。这样的巷子也是野狗聚集的地方，它们按照群体分段把守，每个群体都有它们固定的垃圾堆。现在对垃圾进行了城市化管理，不再暴露到街边，野狗自然就消失了，它们大都转移到乡下或远近郊区的寺院里。那些曾经游荡的生灵终于找到了它们的安栖地，它们在宁静的乡村或趴在寺院每一处被太阳晒得温暖的石板路上，闭目养神，聆听着山间吹来的清风。

如今的牦牛旅馆已经焕然一新，传统建筑上描绘着油彩，好像一个艳丽的新嫁娘。夏天游客多，我来得正巧，刚好楼下有一间退房，否则我还要扛上行李去找另一家。办完住宿登记后，一个藏族姑娘拎了小木板上拴着的大串钥匙走到前头为我开门。

旅馆在一户院落里。围绕着石板铺就的庭院，四面是一圈两层带回廊的房子。我进去的时候，庭院里拴挂晾晒着刚刚清洗过的被套、床单和枕套，它们在阳光下和卫星接收天线样的太阳能热水灶一同反射着强烈的白光，把阴面的房子都照得斑驳陆离万分明亮。空气里飘散着消毒药液的气味，怎么闻都闻不到原先那股陈旧呛鼻子的酥油味儿。我对牦牛旅馆的第一印象很好，等进到我自己的房间后，心里就尤其满意了。没有电视和电话，床上、地面和墙壁非常干净，水泥地面上还有刚刚擦过的湿印，床脚下燃着藏香，真是有回到家里的感觉。服务员告诉我，要洗澡，可以到院子里的公共澡堂，不用再花钱，一天二十四小时都有热水提供。

人的心情好便有了食欲。安顿好以后，我到街上找了家藏式西餐厅，居然还喝下两扎啤酒。

吃过饭，先回旅馆休息，我想等下午三点钟以后再到阿里办事处联系车子，去早了人家还没上班。

23

前一天睡得久，中午也不想再睡了，到西藏睡多了，脑袋就会莫名其妙地疼。所以，当我散着步回到牦牛旅馆的时候，见大门里边左右两面墙上贴着许多零乱的各色纸条，就无聊地站下，一张张看过去。

字条的内容大多是些留言，有中文，有英文，也有德、法、西班牙文，可见这家旅馆里住的都是五湖四海的游客。有些英文留言我也能看懂，全都是什么你来了我走了，我走了你来了，我们如何如何联系，哪里哪里风光很好，你应当去，我在哪里哪里等待着你们，等等。在这些字条里有一类引起了我的兴趣，有男人写的，有女人写的，也有看不出性别的人留下的。时间有过期的，也有刚刚贴上去的。这是一些想要结识旅伴的字条。

我在字条中寻找有没有要去阿里的。看了一圈，还真是不少，不过大都已经过期；有些是国外及港台地区游客，我担心跟他们结伴走会生出麻烦；还有的是糙老爷们儿，我没兴趣；再有人家一对一结识异性伙伴，一看就知道要玩浪漫的旅行。另外，也有两三个女的想约一个男的走，显然仅仅是要那男人当保镖，我没工夫，而且出门在外的男人除非犯傻才会跟上几个娘们儿当保镖。但是，墙边上一张非常小的白纸引起了我特别的注意。看日期，那字条今天早上才贴出来，字迹粗犷，内容是希望结识一位对西藏略有了解和

051

兴趣的先生同去阿里，目的地是冈仁波齐，要求对方自备帐篷和睡袋，并且要求对方最好是从事文化艺术或历史地理职业的人。字条署名：39号房间。一切都不谋而合，我觉得这非常有意思。冈仁波齐是我阿里之行先要去的地方，而且不是我的重点访问地点，约上一个大侠同行并不耽误事，路上也少些寂寞。先不管那么多，反正我并非当真，为了不让别人捷足先登，干脆将这张字条扯下来，并且打算立刻就去会会这位大侠。我觉得留这张字条的人同我有着许多相似之处，我们在旅行中应当合得来。

手里捏着字条，慢悠悠地找到39号房间。敲门，没有应答。再重重敲门，还是没有动静，人不在。

把字条揣进兜里回到自己的房间，躺在床上看地图和沈从文的《湘行散记》《湘行书简》。我出门行走写作，除了地图还必须带上一本读物。看地图可以让我冷静，而读一本喜欢的书，则能够打发掉行动之前显得漫长的时间。我的思绪随着沈从文的作品漂浮在六十多年前的沅江上，甚至已经在心里默默盘算，什么时候到湘西去走一趟，用充满感情和趣味的眼光，精细地观望那里的人和事。我非常想写出一部新的《湘行散记》，但我深知要写成他那么好，绝非一件容易的事情。许多看似简单的事情，往往做起来又是最困难的，这一点，我深有体会，不然也不可能把读过十几遍的小小的《湘行散记》和《湘行书简》始终带在路上，它对我而言，几乎等同于《圣经》。

读读书，脑袋又显得沉重起来，我怀疑是中午喝了那么多啤酒造成的，于是便把被子扯到身上睡了。等到醒来时分，时间已近三点。

我赶忙出门到阿里办事处去。

办事处大院的里里外外停着一些大小车辆。大车多，小车只有两三台。那些大车上装满了从拉萨往阿里运送的物资，也有从新疆经阿里运到拉萨的物资。人车熙熙攘攘，地面撒满水果皮和碎纸、烟头。这里是从拉萨到阿里必经的起始站，因为两地之间距离一千六百多公里，八九天的车程，其中大部分道路运行在广阔的无人区，往来人数又不十分多，所以客运服务至今也没有开通。但是近几年，随着西部的开发和自找苦吃的游客多去阿里，两地往来人数陡增。要去阿里的包工、打工妹、小姐、士兵、小商贩和游客全都集中到办事处找车搭乘，将这处原本门可罗雀的地方搞得门庭若市、热闹非凡。当然，要去阿里旅游也有别的走法，花上万儿八千块钱，可以包定一台"三菱"吉普车来回过瘾，可是一般人却不愿花用这个钱，他们还是要让自己辛苦一些，花去最多八百元，就能将自己这身骨肉，送到"西藏的西藏"——阿里。

好不容易才从一间屋子里找到办理搭乘手续的负责人，他嘴上叼着烟，手上还夹有三支烟，两边耳朵上也夹着烟。他的另一只手上拿着沓表格，急匆匆地进出着几个房间，身后跟着十多个要他办理搭乘的男男女女。

"你们再不要跟着我！跟着我有什么用，我说没位子就没位子了！"这个藏族负责人嚷道，"没有啦，没有位子了。要么你，你，你，坐车顶上行不行？明天再来，今天没有了，明天再来。"

看到这样的场面，我决定还是不要凑热闹了，另想办法吧。

来到大院外面，停着的大车一辆一辆问过去，就连五天以后出发的车都没了空位。正在我没有着落的时候，一个驾驶台上的脑袋探出来，问："去阿里的，你走不走？"

"走走，我去阿里。"我高兴得不知所措，"驾驶台有座？"

"你几个人？"藏族司机问。

"就我一个。"

"一个座，有。"

"你要多少钱？"我问。

"路上吃饭你管几次手抓肉，按规矩给五百吧。"

"行。"我说，"什么时候走？"

"什么时候？马上。你走不走？"

"你是说现在就走？"我一时没有反应过来。

"走嘛，要走就快点，不能再等了。"

"现在不行。要么明天？"这么匆忙上路是我的经验不允许的。

"那就算了吧。"藏族司机说，"不过你可以明天上午再来问问，我有几个朋友后天有车去阿里。记住了，不要到里面去登记。"

"记住了，谢谢你师傅。"

我心里对去阿里的车子有些谱了，就在街上逛了逛。忽然想起牦牛旅馆那个要约着往阿里的大侠，便赶回去会他。

39号房间还是没人，我反留下一张字条在他的门上。又一想，不对，万一这人是个女的怎么办？就摘了字条。还是我来找主动些，否则让人家来找我，自己就显得被动了。

这会儿已是黄昏时分。本不打算行前再同拉萨的朋友联系，可黄昏的天色猛然使我感到莫名的忧郁。一个人吃饭也太难受了。打电话。几位朋友迅速聚齐到一家酒店。

我一到酒店，果然是那位在八廓街开画廊的旺扎做东。这顿饭我吃得没精打采，酒也喝不下去，因为我的心情依然困扰在妈妈讲的往事里。

"达娃啦，你今天是怎么啦？怎么话也不说，酒也不喝？"那个警察朋友举着酒杯问道。

"没怎么呀。"我说，"来，喝酒吧。"

"不对吧，我看你是有什么心事。"警察朋友说，"噢噢，对啦，旺扎啦，那天那个画画的女人见到了没有？"

"什么女人？"旺扎问。

"哎，你这老兄是怎么搞的？就是那个达娃啦看上的……"

"那是开玩笑的。"我阻止说。

"哎，达娃，这就是你虚伪了，我看你当时的样子可不是开玩笑。"警察朋友说。

"一切都发生在瞬间，我现在都忘了她长什么样儿了。"我说，"来，还是喝酒吧，我敬一下旺扎。"

旺扎端起酒杯，漫不经心地对警察朋友说："噢，你说那女的，她一直没来。"

"来，喝酒。"我岔开话题，又举了举杯子。

"没事吧达娃。"旺扎说。

"瞎闹。"我说，"没事。喝酒！"

我们一饮而尽。大家的情绪渐渐高起来。

拉萨的夜雨又下来了。我借用朋友的手机给爸爸打了电话，仅仅是报个平安，多余的话也没说。大家又继续坐坐，不久便散了。

24

回到旅馆，才夜里十点。院子里地面的雨水倒映着楼上楼下各个房间的灯光。白天晾晒的那些床单、被套都已经收了，所以院子显得空荡荡的。

我习惯地望一眼二楼的 39 号房间，那里亮着灯，人在。我毫不犹豫地上楼，敲响了房门。

"哎，请等一下。"房间里传出女人的声音。

我下意识地往后撤了几步，不知道应该等一下呢，还是干脆跑掉。

来不及了，房门在这个时候已经打开，里面泻出明亮的灯光。"你好，找我吗？"她背着光，我还看不清她的面孔。

"噢，噢……"我从裤兜里掏出那张字条，"这是您留的字条，要去阿里的？"

"对呀。"她说，"请进来谈吧。"

我跟她进到房间里。门继续敞开着，可以听到院子里落在石板地上零散的雨声。清凉的空气灌进来。围绕天花板上垂吊的电灯，飞旋着一群小虫，其中有两只比较大，它们生着一双青色的翅膀。

"请坐吧。"她示意我坐在另一张空床上，并把床上堆放的行李和散乱的画稿收拾到一边，我一眼便注意到那顶熟悉的遮阳帽，它像一只斑斓的蝴蝶。

"嘿，怎么是你？"我坐下来望着她，简直是不可思议。

我在这个时刻的第一反应是什么？不知所措吗？还不太准确。我想怎样来描述我的第一反应。有了，失而复得，一见钟情。我认出她来的第一反应就是失而复得。那一见钟情又如何解释？我知道她就是我最最渴望的那个女人。

"怎么，你是——"她站着。

"我们见过，你记得吗？"我激动地说。

"是吗？不记得了。我们在哪里见过？"

"嘿，你肯定是不记得了，我去八廓街的那家画廊，见你坐在门口画画。"

"是吗？"她怀疑地看着我，坐到她自己的床上。

"当然。"我说，"对不起，我可以抽支烟吗？"

"噢，没关系，你抽吧。"她又问，"你是说我们见过？"

"我敢肯定。那天我还问你画廊是你开的吗，还夸过你的画好，就上个星期的事。"

"噢，好像想起来了，不过我还是记不清，对不起啊。"她说。

"没关系，没关系。"我显得有些拘板，赶紧把手里的字条递给她，"你真要去阿里？"

她接过字条，说："对呀，上午还有几个人找来，下午我出去了，后来再没有人找。"

"嘿，真是对不起，我中午住进来，看到你的条子就给撕了。"

"我说呢。我进进出出也没在意。怪不得除了你就再没人来。"

她说。

"可我根本就没把你往女的想，我还以为这人是个大侠呢。"我说，"怎么，找你的那几个人不成吗？"

"我说要约男士，可来了几个女的，另外还有两个客人我不喜欢。"她说，"你也要到阿里去？"

"对。"我说，"你条子上的要求，我差不多都具备，可我没想到你是女的。你看啊，先不说别的，咱们是不是自我介绍一下？"

"那你先说吧。"她笑笑。我注意到她的笑非常迷人，有点调皮的样子，并且一只手总是不时地捋捋头发，脑袋左右顾盼，掩盖着内心的紧张和拘谨。

"我叫达娃。"我说。

"什么什么？你怎么叫个藏族名字？"她打断了问。

"先不要对我发生浓厚的兴趣，听我慢慢道来。"

她扬起面孔"哈"地笑了一声。

我接着说："我是藏族。"

"你是藏族？"她还是控制不住自己的好奇。

"也是汉族。"我说，"我是半藏半汉，妈妈藏族，爸爸汉族。我从北京来。"

"哎呀，我也是从北京来的。"

"是吗，这太好了。"我问，"你来旅游？"

"暑假，出来转转。"她说，"我这都是第二次来西藏了，就是想到阿里看看。"

"我这是第五次来了，还没去过阿里。"我说，"怎么，你在学校里？学习，还是任教？"

"我都这把年纪了，当然是任教啦。"

"没那么夸张吧。"我说，"在什么地方任教？"

"中央美院。"

"噢，我应当想到。哪个系？"

"版画系。"

"我居然不知道有这么个系。"我说。

"当然有。"她说，"你呢？"

接下来的谈话，我回答了她几乎所有的问题。她知道我在北京的工作和这次进藏的目的。从她的眼睛里，我看出了她对我的欣赏。在交谈中，我也了解到她的一些简单情况。时间不知不觉地过了午夜，我们的谈兴依然不减。在谈话中，我一直注视着她，不能忘记第一次见到她以后的可笑寻找，也忘不了自己是如何艰难地回想她的容貌，生怕一不留心她便再次神不知鬼不觉地消失。我告诫自己，无论如何要将她的模样刻在脑子里，可还是担心她一旦不在我的眼前，自己脑子里就又会成为一片真空。她显然发觉了我注视她的异样目光，所以说话的时候频频躲闪着我，这让我觉出了她的腼腆。她腼腆的时候，脸上的单纯和书卷气就尤其明显。

"那你会藏语吗？"她问。

"说和听只会一点点。"

我还告诉了她自己同西藏的缘分。

她说："你真是个传奇。"

"我算什么传奇。"我说，"西藏才是真正的传奇。"

"西藏是神秘的。"

"我不这么看。西藏的神秘主要表现在它的历史和宗教文化上，因为我们对它所知甚少，所以才觉得它神秘。"

"西藏是神奇的净土。"

"西藏的风光固然是神奇的。所谓净土我从不知道相对什么而言，是指环境污染状况吗？我知道这里的紫外线照射强烈，人的眼睛卫生状况就容易受到不良影响，所以白内障的发病率比较高。"

"我是说精神。"

"精神？任何事物如果上升到了精神，至少就逻辑的规定而言，它都应当具有纯净的特质。"

"那你说西藏是怎样的？"她不服气地问。

我想想，说："我更愿意把西藏理解为妩媚的。至少对于我们这样比较浅层地认识它的人来说，能认识到妩媚就不错了。"

"妩媚？听着很有意思。"

"对。就是发现它的美，至少仅仅是美。要用一点世俗的具体的眼光看。但绝不能给它贴上些单一的标签。我想，认识任何事物和人都一样。"我说，"你是不是觉得我很中庸？"

"不不，你是对的。"她说，"我接受你讲的妩媚。但你不觉得‘净土’和‘神秘’这两个词汇里包含着某些奇异的色彩吗？"

"你这么说，我也能够接受，只是你感受到的这些色彩作为艺术的叙述语言，可以用于绘画、音乐和摄影，但若用于文学，就会显出它的捉襟见肘和浅尝辄止。在各类艺术的叙述上，不是说语言，我说的是叙述，音乐是最讲求逻辑的，它的一切都不能脱离理性，是情感同理性的高度统一。绘画与摄影，要讲究光和色彩，比较直观。只有文学的叙述最为艰难，它要直接地面对思想，关键是它的叙述本身有着不可重复的最高要求。说白了，你看看多少艺术家到西藏来，绘画、摄影和音乐都有大量的作品产生，其中也不乏力作，唯独在文学艺术上欠缺。这是为什么呢？我只能认为文学叙述的艰难程度要大于其他艺术门类。"

她想了想，问："你很现实吗？"

"我倒是觉得自己的浪漫大过现实。什么是现实？也许一个人无奈地面对世界，他的种种妥协就是现实，而文学是最最要面对妥协的一门艺术。"

她淡淡地笑了："我喜欢听你说。"

"说什么？"我又点上支烟。

"我也抽！"她很高兴的样子。

"我给你点着。"

"好！"她就上火，说，"我觉得你是属于有理想的那类人。"

"也许是吧。"我说。

"你就是。"她说，"你有理想，你会有作为的。"

"谢谢你的鼓励。"

"什么鼓励，本来就是。"

这个女人说话做事都显得利索，很少拖泥带水。也许她真可以作为我前往阿里的同路人。所以当她问我觉得怎么样，是不是可以一道去阿里时，我的回答是："那当然啦，还用说吗？你就是现在跟我打退堂鼓，我死也要拽上你！"

她"哈哈"地笑，站起来给我倒水喝："没想到会是这样，真是疯啦。"

"怎么疯啦？"我冷静地看着她。

"约上一个素不相识的男人去阿里。"

"我们不已经认识了吗？"

"是啊，我们已经认识了。但我还是觉着不够真实。"

"这很平常。"

"是很平常。"她说，"可现在我又觉得有那么点虚幻和离奇，不像自己原来设想的那样。"

"这有什么离奇的。"我笑她，"你原来又是怎么设想的？"

"对，是没什么离奇的。"她说，"但和我原来的设想就是不一样。"

"你是不是后悔自己的做法了？"

"那倒没有。"她说，"就是觉得比我想象的……不知道。"

"你该不会认为复杂吧。"

"复杂？我不知道。"

"你是做事犹犹豫豫的人吗？"我有意将她。

"开玩笑，我是谁！"她看着我，"好吧，我们一起去？"

"一起走，我又是谁！"我说，"明天我去联系车，你收拾一下，做做准备，说不定明天我们就得上路。"

手机响了。她从一个小包里掏出手机看看来电显示，然后眉头一皱："对不起，你先坐。"就出门到廊子上小声说话。我大概听出那是她丈夫来的电话。

很快她便回到屋里，说："我自己也没什么好准备的。明天我和你一起去联系车，我知道要去阿里办事处。"

"一切我都有安排，你放心就是了。"

"我还是想一起去。"

"好的。"我说，"明天上午十点我来叫你。"

"好吧。"她送我到屋门口，"再见。我刚才记起来了，有一天在画廊里是有你这么个人，可是后来你怎么走的？对对，我接了一个电话，后来你就不见了。"

"你总算想起来了。"

"想起来了。"她说，"不好意思。"

"休息吧。"我说。

25

要同我一起前往阿里的这个女人出生在上海。她父亲是个画家，母亲从事医务工作，家里就她一个孩子。她自小除了念书，其余时间都是跟着父亲学习绘画。她说自己根本没有童年，她唯一觉得快乐的事情就是到公园和郊外写生，那个时候，她终于走出了自己那间半地下的狭小屋子，可以呼吸到真正的空气。另外最让她快乐的，就是学校里"学工学农"到工厂去到乡下去的那几天，她能和工人、农民一道画黑板报，画深入揭批孔老二和林彪的漫画。她还说，爸爸对她真是严厉，把一个孩子所有娱乐的时间都装满了绘画。她曾无数次用拨快钟表的办法，想要从这些时间中偷出半小时或十分钟放下画笔都没有可能，都会招致爸爸的斥责，甚至是巴掌。

高中毕业后，她以优异的成绩考取了上海美术学院。后来，到法国巴黎留学。

她学习过油画和雕塑，但她专攻的是版画。再后来，她回国，结婚。她丈夫是从美国留学回来的，在国内从事金融软件开发，经营一家颇有规模的公司。

她还说自己虽然不熟悉西藏，但却非常喜欢这个地方。她说她和西藏之间有一种说不清道不明的相通，这个地方可以给予她无尽的灵感，也许将来她会把西藏作为她的创作母题。

我们初次认识，不好问她什么，她愿意跟我讲多少就是多少。我也没有问她在八廓街那家画廊卖画的事情，我甚至还搞不清楚她的年龄，总是同我差不多大小的样子，可又觉着她应该比我要大，恐怕还不止大出一点点，因为有些时代给予她的经历，在我是没能赶上的。

夜已深透了。外面依然细雨飘落。我知道黎明到来，雨就会停，然后拉萨便以"日光城"的面貌展现出来。

26

早晨醒来，听到外面的鸟叫。我按照惯例躺在床上把当天要做的事情具体排了一遍，然后起身穿衣戴帽，脖子上挂着毛巾端了脸盆到水房洗漱。房门一开，空气清新爽朗，院子里几只麻雀惊飞了，地上还残留着雨水。世界仿佛是透明的。

"早上好，达娃。你怎么洗脸还戴着帽子？"

我抬头看。她搬把椅子，正盘腿坐在二楼门口的房廊上看书，一缕鲜黄的阳光从后面斜斜地照在她身上。

"嘿，你好。在西藏，帽子就是我身体的一部分，它和我须臾不分。"我望着她说，"你可真像一幅画。"

"是吗？"

"起这么早？"我问。

"我习惯早起。"

"看什么哪？"

她举起手上的书冲我晃了晃。

我说："看不清。什么书呀？"

"《圣经》。"

"好。它可以保佑我们。"

"我可不是因为要它保佑。"她说，"我只是喜欢看。"

"一会儿咱们出去吃东西吧。"

"我已经吃过了。"她说，"早点我替你带回来了。"

"哎哟，谢谢。"我开玩笑说，"你看，咱们多像一家人。"

"不要乱讲。快去洗吧，然后上来吃饭。"

也不清楚怎么搞的，我忽然觉得跟她在一起非常亲切舒服，一股幸福的暖流在自己身上遍布开来。

我洗漱过后进到她的房间，她便起身给我冲了一袋速溶咖啡。吃着她给我买来的油条、小笼蒸包和鸡蛋，我们商量了一下当日的安排。我们打算先去办事处找车，然后再上街采购补充些东西。尽量争取当天就走，最晚第二天走。如果临行前还有剩余时间，我们还打算到拉萨河边去像当地人那样逛林卡。"林卡"是园林的意思，凡是有草有水有树的地方都可以称作林卡。与其说我们对今后的行动进行商量，还不如说她完全听从我的安排。我怎么说，她都立刻回应道："好呀，好，好，就这样。"

"嘿，难道你自己没有想法吗？"我问她。

"你的想法都好，你的想法就是我的想法。"她说，"你该怎样就怎样，别考虑我，因为我纯粹是来玩儿，不像你还有那么多事情要做。"

"可我还是想听听你的想法。"

"好了，就按你说的去做。"她认真地说。

"嘿，我怎么突然觉得你比我大呀？"我想试探她的岁数。

"本来就比你大。"她做出不屑一顾的样子，"大多了。你想想，我儿子都有三岁了。"

"大多少？叫你阿姨？"

"叫姑妈也行。"她笑着，"那你是哪年生的？"

我们互换了身份证看。

她说："就是嘛，我昨天一见你就知道你年纪可能比我小，可没想到会小这么多，居然六岁。"

"噢，六岁。"我说，"六岁也差不多。我长相偏大，你偏小。"

"什么差不多，你这孩子，差远了。"她又说，"不过，你是偏大。"

"嘿，咱们怎么讨论起这个来了？"

"还不都是你引起的。"她想到什么，换了个话题，"以后不叫你达娃了。"

"那你想怎么叫？"

"小孩儿。"她点点头，"对，就叫你小孩儿。"

"随便你。"我说，"我倒是要给你取个名字。"

"取什么名字？你不是'嘿嘿嘿'地叫我吗？好像我没有名字。"

"你的名字过于庄重，叫着不自然。"我说，"我达娃的名字你知道是月亮的意思，可要是用月亮来形容你，我觉得最恰当不过了。所以，我想到了'娇娘'这个名字。"

"什么？"她张大眼睛，"叫我娇娘？这么怪的名字。"

"你知道仓央嘉措这个人吗？"

"仓央嘉措？好像听说过。"

"仓央嘉措是西藏六世达赖喇嘛，同时他又是个了不起的诗人，他可并非后来多数人解读的情歌诗人。"

"是吗，这我还是第一次听到。"她好奇地说。

"他有一首诗流传很广，他这么写——在那东山顶上，升起了皎洁的月亮，娇娘的脸蛋，浮现在我的心上。"我念完，问她，"感觉怎么样？"

"真好。我想如果用藏文念会更好。"她说，"你再念一遍，我记下来。"

我又念了一遍。她用笔记录，又问："东山在哪里？"

"这我可不知道，大概是东边的什么山吧。"我说，"但我知道娇娘在藏语里读玛吉阿妈。研究者说，有人把玛吉阿妈翻译成少女或佳人，这是不对的，因为它的直译是没有生过孩子的妈妈。其实，诗人认为那个形象对他的恩情犹如母亲一样。所以，有一个藏学家就把玛吉阿妈译成了娇娘。但照我理解，那是信仰的象征，比如度母、明妃。"

"娇娘，真有意思。"她掩饰着什么笑道。

"我就叫你娇娘。"

"好呀，我喜欢！"她说，"不过这首诗让我想起《诗经》上的那首《月出》，月出皎兮，佼人僚兮，舒窈纠兮，劳心悄兮。后头还有两段，忘记了。意思大概和仓央嘉措的这首一样。"

"行啊，你简直可以搞藏汉比较文学研究了。"

"也就是你这么夸我。"

"岂止夸呀，是欣赏。"

她笑得又非常腼腆。

"好啦，娇娘，咱们行动吧。"

"小孩儿，你可吃好了？"

"吃好了，娇娘。"

"那好，小孩儿，咱们出发。"

27

我虽然给她取了个"娇娘"的名字，可也就开玩笑叫叫，不当真，我还是习惯"嘿嘿嘿"地叫她。她同样也开玩笑叫我"小孩儿"，别的时候，她依然喜欢叫我的藏族名字。

那天，娇娘和我一同来到阿里办事处找车。

有了前次来的经验，这回我们便直接去找那些往阿里去的司机。最后，我们终于找到了一辆"东风"卡车。司机名叫旺久，是个五十岁左右的人，长了一头卷发。我们经过一番商量后确定，第二天下午两点离开拉萨，争取天黑赶到日喀则市。从拉萨到阿里这一路要走五天，如果有条件，管司机三五顿手抓肉。我和娇娘都坐驾驶台，每人五百，共一千元，到了目的地阿里的首府狮泉河镇再付款。出发时乘车地点不要到办事处，避免被管理人员发现，司机就说家里有亲戚要到阿里去办事。旺久师傅让我们先到拉萨市的西郊加油站那里等他，然后上车便出城。

完事之后，旺久师傅又说，他们这回上路是两台车一起走，彼此也有个照应，另一台车的司机是他的好朋友。我提出请他晚上去吃饭，他说吃饭就不必了，如果我愿意的话，旺久师傅想带上他的朋友一起到饮厅去喝点酒。我知道"饮厅"在西藏是特指那些有陪酒女的地方，有些还具有色情场所的含义。我说这没问题，那么晚上八点咱们就约在牦牛旅馆旁边的"快活饮厅"吧。一切都定下了，我和旺久师傅握手说晚上见。

我对娇娘说："我知道他们爱喝啤酒，所以今天晚上我陪他们到饮厅去，如果你十点还不见我回来，就到饮厅来找我，假装对我很生气，编个什么理由把我拽回去。"

"你是怕和他们喝酒？好吧，到时候我一定去叫你。"

"你还要假扮成我的女友。"我说。

"我知道。"

"这一路你最好装扮成我的女友，反正我们各自都有睡袋和帐篷。"

"我知道。"

娇娘和我说着话离开办事处，步行去街上采购东西，中午以前我们便回到了旅馆。采购的时候，因为东西零碎，总觉着买得太多了，可是回来往各自的行囊里一装，却占不了多少地方。

"娇娘，累不累？"我来到她的房间。

"不累，小孩儿你呢？"

"娇娘不累，我就不敢言累。"

"去你的！"她笑着，"累你就回房间休息一下。"

"真的不累。"我提议，"嘿，咱们现在就到拉萨河去吧。"

"那不吃饭啦？"

"买点吃的带上。"

"好吧。对，咱们到饭馆打包几个菜。"

"再提上几瓶啤酒和饮料。"我说。

"太好了，不要饮料，就要啤酒。咱们走吧。"她兴奋地说。

因为高兴，她在房间里跑了两步，然后单腿站立，两只手臂张开来作出飞鸟的样子，身体往上一耸。我喜欢看到娇娘的这种状态，比起她平时"酷"的沉静和忧郁一面，这样的欢快也真是难得，甚至显出了她潜藏着的童真和激情。

"嘿，把你那本《圣经》带上。"出门的时候我说。

"英文版的，你能看吗？"

"我靠，那就算啦。"

28

拉萨河在火热的阳光下静静流淌，一路向西。我知道，它在曲水大桥同雅鲁藏布江汇合，再向东，向南流出国境，到了印度它就变成布拉马普特拉河。

我们在树林的阴凉里吃了饭，然后就坐到高高的石砌河堤上，望着河水同对岸的宝瓶山。我们比谁的视力更好，能看见宝瓶山顶上有什么东西在活动。还是娇娘的视力好，她看清了那上头飘荡的经幡和几只盘旋的山鹰。

远处河边有人站在水里洗涮东西。河堤上晾晒着多彩的卡垫和衣服。仔细听，能听见那些人的说笑。一些小鸟高低起伏地从头顶快速飞过，落到河中小块陆地上的矮树丛里。我总觉得，这个时候如果能听到一首吉他协奏曲就好了，比如那个西班牙罗德里戈的《阿兰胡埃斯》。音乐里有水的流动，或者眼前的波光里闪动着音乐。

我喝啤酒，娇娘也喝啤酒，她比我能喝，已经三瓶下去了。我说你还真能喝。她说："这点算什么，什么都不算！"

"这可不是吹。"

"到时候你看吧。"她又习惯地皱皱眉头。

娇娘的皱眉，让我觉得她心里总怀着什么不愉快的事情，可是我猜不出来。

她的父母同我父母一样，也是性情不合，双方的争吵始终伴随到今天。我父母之间的争执倒是不多，因为他们的交流很少，并且已经好些年不在一起了。娇娘说，她很小就觉得父母何必非要生活在一起呢，既然互不相融到这个地步，干脆分开算了。当然，父母对她的爱也是明显的，一切都是为了她好，为了她将来能有个美妙前程。但她和父母之间总是存在着隔阂，她从未在父母面前撒过娇，她甚至无法忍受别人在他们的父母亲面前撒娇。她渴望家庭的亲情，又似乎没有能力接受亲情。她说她没有跟自己父母谈心的印象，心里有什么承受不起的事情，她宁可跟一个最好的朋友说说，要么就干脆埋在肚子里让它烂掉。我感到在娇娘身上的确隐藏着"受虐"的因素。现在，她也有了小孩，她尽量给儿子温情，可是她又觉得自己给儿子的还远远不够，因为她的给予也是参照了自己幼年可怜的感情所得，她还是认为自己对儿子过于严厉了。娇娘自己非常清楚这些，却又无法改变。这一点，我们是共通的。我们的父辈都是"文革"那个特定时期里中国最普通的知识分子，精神上的种种压抑和个人价值的丧失，造成了他们性情无节制地异化。他们有苦说不出，即便说，也不能对任何人讲。他们自己折磨自己，又同时将一些糟糕透顶的情绪影响着家人。我和娇娘都有一个不愉快的童年，只是我的童年比她要丰富多了，我是野玩儿过来的，而她则要每日苦练绘画，像是圈在笼子里的一只孤雀。

　　"我虽然父母都在，自己也有一个家，不知为什么还是感到孤单。"她说。

　　"孤单？"

"就是孤单。我曾经觉得自己是个孤儿，心总在漂泊中，没有依靠，自己也不想有什么依靠。谁依靠谁呀！"

"别喝酒了吧。"我说。

"不，我要喝，就要喝。"我的劝说反倒成了提醒，她的嘴对着瓶子又大喝一口。

"会醉的。"

"你别管。这一点算什么呀。"

"要学会调整自己。"

"哎，我怎么忽然觉得你说话像我爸呀。"她从刚才略显激动的情绪里脱出来。

我望着她："你戴这顶帽子很好看，像只蝴蝶。"

"是吗？"她摘下帽子看看又戴上，说，"这里真安静，我觉得这里才是拉萨。"

"咱们住的地方也像拉萨。"我说，"小时候我到西藏来看父母，他们单位的宿舍就是在我们住的那样的一个旧宅院里，不知道过去是哪个贵族的家。"

"我喜欢那种宅院，有一种气息。"

"你喜欢腐朽。"

她笑出声来，说："就是呀，我怎么会喜欢腐朽？可能吧。那里面储藏着过去。但我也喜欢新颖，比如纽约。"

"太阳这么大，是不是太晒了？"

"还行。"她说，"你说这水很凉吗？"

"你要不要下去试一试？"

"好，我下去！"

"算了算了，这水是雪山上流下来的，非常凉。"我说。

"怎么看不见雪山？"她问。

"你是指那些常年积雪不化的山吧，这里看不见，咱们要去的冈仁波齐就是一座。"

"拉萨的这些山，有时候夜里山顶是白的，早晨雪就没有了。"

"夜里下雨，落在山上的是雪，昼夜温差偏大造成的，另外深夜山上的气温更低，雾气就变成了霜。"

"明白啦。"恐怕这是她第一次认真地看了我一眼，"我觉得你这人挺有意思。"

"什么意思？"我问。

"不知道。"她笑笑。

"我觉得你很美。"我说。

"开玩笑。"她说，"我知道自己是怎样的，非常一般，还可以吧。"

"你像玉，墨玉。"

"去你的，乱讲！"

"好了，不开玩笑。"我说，"咱们回吧，晚上我还要陪师傅去他妈歌厅乱吼。"

"其实，你也不一定要请他们。"她说。

"那怎么行。熟悉熟悉也好，套套磁，还有那么多天的路呢。"

"那我们回去吧。"她说。

我们往回牦牛旅馆的路上走去。拉萨河边现在盖了许多房子，过去的空旷景观已不多见。如果太阳岛那边还是过去的样子，我刚才一定会带娇娘去那里看看。水中连在一起的小片陆地，上面生长着茂密的草木。太阳岛是它好几个名字中的一个，它还叫佳木林卡，或者孤玛林卡。跨越拉萨河的一条支流，有一道弯弯的拴挂着众多五彩经幡的索桥通到那里。现在，索桥变成了水泥桥，岛上盖着如同南京夫子庙那里一样的房子，错觉是要有金粉胭脂出现。佳木林卡的意思是生长着矮树林的公园。孤玛林卡的意思就是小偷出没的园林，据说在久远的过去，拉萨的小偷和强盗经常聚集在那里分赃。娇娘问我，那罗布林卡又是什么意思？罗布念成诺布才更准确，是宝贝的意思。她说那以后我就叫你达娃诺布吧，月亮宝贝，多好。娇娘笑得身体一歪差点摔倒，我搀扶住她。

她说："今天拉萨河边真好，以后谁要是找不到我，就来这里！"

娇娘和我之间似乎一开始便很亲近，而这种亲近使我感到异样的幸福和满足，几乎忘记了前两天家庭的往事带给自己的烦恼。

29

娇娘和我回到旅馆，各自去房间里休息。

好像我才睡着，就有人敲门，是她。外面已是天近黄昏了，时间过得这么快。

我们赶忙找家餐馆随便吃了饭，我就提前到"快活饮厅"去等候那两个去阿里的师傅。开始娇娘要同我一起去，说你要是不能喝酒我能喝。我说算了吧你，都是男的，你一个女人掺在里面很别扭，记住到时候来叫我就行了。她说和我聊天感觉真好，现在让她一个人回旅馆还真不知道该干些什么。我说你可以看你的《圣经》，她说不想看。我说那你就到我房间去看我带的书，那本沈从文的作品就放在桌子上，你随便看。然后，我把自己的住宿证交给她，再次叮嘱她十点钟来叫我回去。

"快活饮厅"门口的霓虹灯已经闪烁起来。里面灯光昏暗，围绕着一层大厅正中的破烂演歌台零乱地摆放着二三十张小酒桌。这时分，客人还没上来，只有三两张桌子的青年男女坐在那里喝酒。

我花八十块钱在二楼包了个最小的单间等师傅来。单间里气味难闻，暗中总觉得这里脏得如同垃圾站。

身着藏装的女服务员给我送来了果盘，我告诉她还有两个朋友，他们到后请引进来。她问我要什么酒，我说一会儿要，先上一壶菊花茶。茶上来了，一个小伙子跟进来，要为我打开电视。我问能看新闻吗。他说对不起先生，这电视只能唱歌。我说那就先别开了。没过十分钟，那两个师傅来了。他们的守时令我满意。我问喝什么，啤酒？两个师傅显得客气地说，啤酒啤酒。我问喝什么牌子的。他们异口同声说随便。我对服务员大声说，来一箱拉萨啤酒。两位师傅忙着劝，不要不要，太多了太多了，喝不了。我说，喝吧，就一箱，要是喝不了就带到路上。两个师傅见我如此豪爽，立刻就放松下来，脱衣服挽袖子，准备大干一场的架势。我让刚才那个男服务员把电视打开。这时，六七个陪酒小姐鱼贯而入，脸上全都扑着一层白粉，一个两个的在半黑的光线里还真显得有些姿色。我请师傅们从中挑选他们喜欢的。他们请我先挑。我说就别客气了，两位师傅嘻嘻一笑，结果他们挑中了照我看顶一般的两个小姐。然后，我冲剩下的小姐们一挥手说，散会！全体大笑。两位师傅瞪眼望着我问，怎么不留一个。我做出为难的样子神秘地告诉他们，你们玩痛快就行了，上午在办事处没见着我老婆跟着吗，她爱吃醋。他们对我说，你老婆不错，我们这也是出门在外。

我们唱歌，我们喝酒，我们相互敬酒，我们跳舞。为了玩出气氛，我分别带着两位小姐跳了一圈。我唱歌，唱的都是苏联和欧洲经典歌曲。四位听众为我鼓掌欢呼。师傅们不大唱歌，也不大跳舞，他们就是喝酒。两位小姐扎在他们的怀里，不停地向他们敬酒。

快活的时光总是在不经意间流过去。转眼到了十点，娇娘找来了。一见到我，她便故意提高嗓门说："你喝得差不多了吧，你妈打长途来，让你赶紧给她回电话。"

我问："怎么，家里有事？"

"家里没事。"

"没事你大惊小怪的干吗！"

"我不管，反正你妈要你回电话！"说完，娇娘转身出去了。

我跟出去，到收银台结了账，又回到包间，对两位师傅说，到现在所有的账都结了，我老婆莫名其妙地生我的气，我得回去。师傅们通情达理地说，那你就回去吧，明天见。我说明天见。然后给了两个小姐小费，让她们继续陪好师傅，就跑出来。

娇娘在外面等着我。她说："噢，原来饮厅就这个样子呀，真恶心！"

我说："对呀，所以才请你来解救我。"

她交还我住宿证，说："你那本沈从文的书写得真好。"

"看了？"

"看了几篇。"她说，"能借我看完吗？"

"就放在你那里吧。"

"今天要是我不来叫，你会怎么样？继续玩下去？"她挑衅地问。

"别忘了是我要你来叫我的。"

"假如没有认识我呢？"

我站住了，一时不知如何回答她。

"好啦小孩儿，别那么无辜的样子，走吧。"

30

大半夜我都在辗转反侧无法入睡，自己心里已经非常明确了，娇娘就是我所要的人，我爱她。我有意地将一切矛盾和障碍在脑子里进行排除，她有丈夫和孩子。我现在顾不了那么多，我就是爱她，就是要得到她。只有她才是我情感的唯一依靠。

天亮了很久我才醒过来。娇娘同前一天一样为我准备了早点，要我到她的房间去吃，依然为我冲了一袋速溶咖啡。她自己也不停地喝着咖啡。然后，我们各自将行装做了最后一遍整理，并且集中到我楼下的房间里。接下来，娇娘把她的房间退掉，我带她到小巷深处的一家藏式传统甜茶馆去看看。

在甜茶馆里，我要了两杯甜茶，告诉娇娘在过去没有报纸和电视的时代，这里是城市新闻传播的媒介，也是男人聚会的场所。

娇娘听过，小声对我说："那咱们赶快走吧，我说怎么刚才咱们进来的时候，那么多人笑着看我。你看看，我是这里唯一的女人。"

我告诉她："没关系，我也就是带你进来看一眼，再说你又不是藏族，人家不会把你当成藏族要求，顶多是对你好奇罢了。"

出了甜茶馆，走在宁静无人的小巷子里，我们俩忽然谁都不讲话了，只听到我们的鞋子在石板路上行走的声音。

我站下，娇娘也站住了。我望着她。

"怎么了你？"她问。

我说不出话来。

"怎么不走，咱们现在去哪里？"她又问。

我还是看着她，然后猛地亲一下她的脸，说："我想亲亲你。"

"你不是已经亲了？"她低着头说。

"我要吻你。"

她抬起头凝视我半天，好像是在我的脸上寻找着什么。我伸出双手捧住了她光滑的脸，她的眼睛闭上了。我们疯狂地接吻，直到有人走近了我们才分开。我们两个都像是在初恋中的年轻人一样，手拉着手难为情地笑笑。

我把娇娘带到自己第一次见她的那个露天茶室，下面就是八廓街广场熙熙攘攘的人群。

"我爱你。"我说。

"别这么讲。"她说，"我们前天才认识的，对吧？"

"我不管。反正这句话早晚要说出来。"

"你真是个无辜的小孩儿。"她笑着摸摸我的脸。

我躲开她的手，说："不开玩笑，我就是爱上你了，怎么办？如果你反感我，咱们就不要一起到阿里去，现在没走，还来得及。"

"好啦好啦，没你说的那么严重。"她说，换了个话题，"对了，我第一次见你，是在八廓街的画廊，是吧？好像那天你的样子和后来的你不太一样。"

"你根本没注意我。"我说，"可是我第一次见你，就在这个地方。"

"不对，我从没有来过这家茶室。"

"那天我就是坐在那边的座位上。你急急忙忙从下面广场上走过，我先看见的是你这顶帽子。"

"好呀，你在跟踪我。"她说完，顽皮地"哼"了一声。

我照实讲了那天的经历。娇娘听得有些不好意思，一直在笑。

"嗯。"她说，"这地方不错，以后找不到我，就来这里！"

和娇娘在八廓街第一次相见的那天，正遇上她到旺扎的画廊取钱。娇娘讲她从北京出来匆忙，没带上足够的钱，又不愿意让丈夫往卡上打钱，于是就想重新体验卖画的感觉。当年刚到巴黎的时候，她也是伙着几个中国留学生到街头卖画。他们分散到游客众多的地方，席地而坐，背靠着树干、建筑物的墙脚或喷水池的护壁，一沓白纸、一盒炭条、一只画夹地画起来。他们给往来的行人、游客画素描和漫画，十来分钟一张，同时他们也出售早已画好的小幅油画、水彩和水粉风景。他们曾经一贫如洗，却也靠着街头卖画赚到过不少生活费。晚上回到住处，满床都是一天下来卖画的法郎纸币、硬币。"我们高兴疯了，房租有了，饭费有了，我们还有了酒和大麻。那种日子真是疯了！"她说。

"嘿，和旺扎是怎么认识的？"我问。

"根本就不认识。"她说，"我不像你在这里有那么多熟人朋友，我一个也不认识。我就是画点小品画借他那地方出售。"

"挣到钱了？"

"当然啦，还有美金呢。"

"你可真行。"我说，"干我们这行，要是在旧社会还能替人写写状子，现在是没什么用了。"

"我真羡慕你。我心里有很多东西,可就是写不出来。"她说,"你能写，你以后就写写我吧，好吗？"

"好。"我说。

"今天就要离开这里了。"她说，"路上我不会影响你的工作吧？"

"什么意思？"

"没什么意思。我担心影响你的事情。"

"你怕我。怕我爱上你。"

"怕什么！有什么可怕的。谁怕谁呀！"她态度又坚定了。

"咱们就在这里吃饭吧，叫两份香木斋咖喱饭？"

"好啊。"她说，"我饿了。吃了回去取行李，然后咱们出发。"

我叫服务员。娇娘又说："这里真是好，记住，找不到我，就来这里。"

"又是河边又是这里，到底什么地方能找到你？"

她笑了，说："牦牛旅馆也好。"

"好地方多了。"

"找不到我，就去好地方找我！"

我们又对视片刻，然后我匆匆地吻她一下。她一时不说话了。

"我喜欢你。"我说，"知道吗？我喜欢你。"

"知道。"

"你也喜欢我，是不是？"

她笑着不说话。

"什么时候开始的？"我问。

"我一见到你就觉得你这个人挺近的。我就是和你近。"她说，"你
会对我好吧？"

"我当然要对你好。"我说，"你是我的娇娘嘛。"

"小孩儿！"

"你知道我喜欢你？什么时候明确知道的？"

"昨天早上，你叫我娇娘的时候。"她说，"不过，像咱们这样相处，
好不好？"

"先不管那么多了，去阿里。"

"对！不管了。"她说，"到冈仁波齐去！"

31

按照同旺久师傅的约定，我和娇娘提前赶到拉萨西郊的加油

站。时间已是午后，可拉萨的太阳刚好悬在头顶正中。路面上大车小车往来穿梭，众多的轮胎在柏油路上轧出"唰唰"声响。一列列加长的厢式货车飞速往西驶去，我知道那是到尼泊尔的贸易车队，银白的车厢全封闭着，反射出的亮光让人不能直视。我们一会儿也将走上中尼公路，沿雅鲁藏布江两岸穿梭行驶到日喀则。

往阿里的那两个师傅准时赶到约定地点。我们打着招呼，将行李放到带篷的车斗里，这才发现车上的货物缝隙中还夹着一个美国男人、一个日本男人和来自青海的两个朝佛女子。娇娘和我坐旺久师傅的驾驶台。我怀里抱着电脑和相机，娇娘随身的包里是我们日用的东西、口香糖、饼干、水和她的相机。另一位师傅的车跟在后面，有两个去阿里的生意人也在这里坐上他的驾驶台。他的车上装了冒顶的焦炭，所以没有载人。

两位师傅同我已经是老熟人的样子。其他搭车的人都好奇地望着我们。那两个外国人之所以坐车顶，是因为他们不愿意过多花费，每人只收了他们三百元。我发现老外真是能吃苦头，这些天会够他们受的。

为了安全和方便我拍照，娇娘坐在我同师傅中间，我靠门坐。太阳已经略微偏斜地射进风挡玻璃。我们都戴着墨镜。娇娘又一次往脸上涂防晒霜。

从现在开始，我们将一路向西，每天都要在午后直射脸面的强烈阳光下行驶。让佛祖保佑我们，能在五天以后赶到阿里的狮泉河。

车子一开动，我跟师傅说："格啦，愉快的旅行开始了！"

师傅望着我笑笑："就是，愉快的旅行。"

娇娘问："师傅，咱们要走多少天？"

"一千六百多公里，路不太好，怎么也得五六天吧。"

娇娘的手伸到她的包里，嘴贴到我的耳边，小声说："我把手机关了。"

"关吧，这些天除非到日喀则，否则就没用了。"

她又把嘴贴近我的耳朵："我想说，我也喜欢你。"她说，"路上的感觉真好。"

"你该不会说，以后找不到你就到这路上来吧？"

"就到这路上来！"她又"哼"了一声。

驾驶台的录音机里播放着西藏民歌，我听出其中有几首是我爸爸的作品。娇娘的头靠在我肩上。

"咱们的蜜月旅行。"我逗她。

她笑了笑，闭上了眼睛。

我给旺久师傅点上支烟，问他昨天玩得怎样。他哈哈笑道，真是谢谢你，我们都很快活。我问怎么快活。娇娘假装睡着没听我们的交谈。师傅冲我眨眨眼，说，白白的。

我们会心地大笑。娇娘的手在下面狠狠地掐了我的大腿一下。

暖风从敞开的车窗灌进来，娇娘散乱的头发扫到我脸上，痒痒的。外面农田里的青稞金黄，正是收获的时节。

第二部

1

当时我借用仓央嘉措的诗歌给你取名"娇娘",你觉得这个名字好笑。你还问我诗里描写的东山在什么地方。我说我不知道,也没有人知道。自从咱们到过普兰县塔尔青那个地方以后,我意识里的东山就不再是日常习惯方位的东向了,而是在西部遥远的西藏阿里地区。那座冈底斯山脉的主峰,海拔六千六百五十六米,山顶终年积雪不化,我们都知道它的名字叫冈仁波齐。

2

咱们一同前往冈仁波齐的旅程是从拉萨开始的,第一站应该是日喀则。那个小城市你还没有去过。

你独自从北京出来,第二次到了西藏,而我这也才是第五次来西藏,可是你与我不一样,我是半个西藏人。你在我们认识的前几天去了一趟藏北那曲。你上次进藏还到过山南的泽当，虽然那一趟你在西藏总共就待了五天。西藏还有哪些地方你没有到过呢？有昌都和林芝。这两个专区我也没到过。你在西藏算是跑过不少的地方了。至于深入，我想那不是一个简单的事情，也不好用跑过多少地方或者待过多长时间来衡量。

在艺术创作中，有不少人涉及西藏这个地方，但我还是觉得他们和他们的作品永远都置身于一个背景之下，换句话说，西藏仅仅是他们艺术创作过程或成品的一个背景，它们大多最终的表现都局限于对作者本人的展示和衬托，这一点我也不例外。当然，任何真正艺术作品的创作，探究其源始，也都是作者个人的性情生长，那最终的神性能否发现，全要看个人修炼的痛苦程度，冥冥之中有一个声音告诉我：神性与痛苦同在。

任何过程都要大于目的。在这样的认识下，我来西藏，写西藏，就要本着客观和世俗，我从不奢望一上来就触及什么精神层面，况且我不是藏学家，也不是严格意义上的社会学家，我只是一个作家，仅仅具备二分之一藏族血统的作家。我能在短期的考察和写作中揉进一种新闻的眼光和社会的角度来关注生活，就已经是尽力了，自然也要通过写作得到读者的认可。

我们的结伴旅行从开始到结束都是快乐的。结识你固然是我如同梦想一样的事情，但我不是没想过自己的工作，不是没想过你会不会成为我在西藏工作的累赘。事实证明，你给了我莫大的帮助，不说日常的行走生活和写作，你甚至给了我激情和思想。毕竟，你和我的生命里有过一段共同的默契经历，虽然这段时光是如此短暂，恍若一场梦境，却又那么真实，仿佛可以闭上眼睛伸出手去触摸到。

那天，月光把前方的道路照得泛出白色，我们在月光的照耀下进入日喀则市。我没有把你看成一个娇气的女人，可是你的忍耐和适应力还是让我惊讶，简直不能把你同你生长、学习的上海和巴黎联系到一起。车一停到招待所，我因为要给师傅查看车况当当下手，你便一声不吭又背又拖将两件行囊搬到了门厅里。你好像是要做给我看的样子，好像要证明你行。

你问我咱们怎么住。我说："我和师傅住三人间，你住单间。"

不巧的是，总共三层楼，每层只有两个单间，都住满了人。这是我始料不及的，况且师傅也要登记住宿，正在往登记室这边走来。

"就凑合着住吧，咱们没必要多花钱。"你毫不犹豫地对服务员说，"要一个双人间。"

一切都那么顺其自然。我们安顿下来后就叫上两个师傅到外面吃饭。师傅和那两个生意人住了四人间。那个日本人和美国人住一个房间。美国人一到地方就上街去逛。房门敞开着，你说你去提热水的时候看见那个大胡子日本人躺在床上吃饼干。那两个来自青海的朝佛女子没有钱住店，她们就睡在车上，师傅给她们提一瓶热水去，她们就用热水冲了糌粑吃。我觉得咱们这两台车一行人很像是一出戏。我说自己将来一定要写这么个戏，两台车、几个来自不同地方的搭车人和两个藏族司机，他们翻山越岭、过江涉水从拉萨到阿里去。

"你的想法非常好。"你说，"我都可以想象出那是一部非常有意思的戏剧。你写吧，好吗？你一定要写，到时候我肯定会去看的。"

吃过饭，两位师傅说他们还要去"廊玛"喝点啤酒，问我们去不去，他们要回请我们。我谢绝了他们，然后咱们就到街上散步。

　　日喀则这个城市同以前大不相同，夜晚灯火辉煌。小时候，我跟妈妈来过这里，可是印象已经不深了，只记得两条土路和道边的几家杂货铺，夜里四处都是黑的，人像是生活在久远的时代里。现在这个城市，真看不出它和内地的中小城市有什么不一样。因为天黑，自己的方向混乱，我想只要找到山上扎什伦布寺的那些殿堂，就可以找回过去的一些记忆。结果，四处望了半天也找不到扎什伦布寺。城市的街灯太亮，霓虹灯闪闪烁烁，遮掩了山的影子。我说等到白天，就能够看到那座规模宏大的寺院。但是，我们没有时间进去参观，我们还要赶路。

　　那次来西藏，我父亲出差去了阿里，直到我要返回北京的时候他也没有回来。妈妈在日喀则有个远亲，她带我到这里住过几天。那天，雨过天晴，夕阳从乌云的缝隙里照射出来，把扎什伦布寺的金顶染得锃亮。妈妈说你爸啦在那边很远的地方。我问是太阳下的地方吗？那地方叫什么名字？妈妈说，那是西边，是阿里。你去过阿里吗？我问。妈妈说她没去过，因为那地方非常非常远。从此以后，在我的记忆中，阿里就是太阳落下去的地方，只有越过扎什伦布寺被夕阳照耀着的金顶，我才能遥远地真实地感受到它的存在。我从没有想过会到阿里去，对比小时候的记忆，阿里永远都是自己的一个想象。也许一个惧怕远方的人，才会真正对远方产生好奇。所以，我去阿里和你去阿里不一样，其实我们都是去玩儿，可在我那又是一种类似于践约的感觉，我对那里的任何人文景观都是忽略的，只知道夕阳从乌云缝隙间泄漏出的一缕缕光芒，和镶着金边的云彩下的山地。那种宁静是可以聆听的。

我说得太多了。咱们在街上走，又到一家宾馆门前广场上的露天酒吧坐坐。灯火通明，地面洒了水。白色酒桌上都立着红红绿绿的遮阳伞，几种常见的啤酒品牌印在伞上。日喀则已经变得非常都市了，我想这要得益于上海和山东两地的对口援助。地方小，它的现代气息便于集中，由此给我的都市印象要超过拉萨。

前后要了四扎啤酒，我们都喝完了。你让我吃羊肉串，说用脑的人就该吃肉。开始我不吃，你说："必须吃！小孩儿，你要听娇娘的话。"多好笑，我居然在你的哄劝下吃掉五个大肉串。

你一直看着我吃，搞得我有些不自在。我说："别看。"

你说："看又怎么了，我要管你，就是要管，什么都得管！"

咱们又要了两扎啤酒，你才喝下半杯不到，说脑袋忽然有点疼，我们就回去了。

回到招待所，你的头疼越来越厉害。我估计同刚才喝多了啤酒有关。你说你喝酒从来就不会自我控制，要么不喝，一旦喝便没有节制。因为床铺看上去不怎么干净，我把你的睡袋展开让你躺进去，然后用热水给你擦脸和脚。你抓住我的手，说："对不起，对不起……"

我说："没关系，坐一天车，又喝酒，这是高原，很正常，好好睡一觉就好了。"

"谢谢你。"

"谢什么！现在感觉怎样？"我问。

"好些了。真的对不起。"你说，"你想吻我吗？"

我吻你。你的嘴唇发白，脸色也不好看。我又为你冲了一杯预防高原反应的"红景天"，让你把一支液体葡萄糖吃下去。"恶心吗？"我问。

"不恶心，就是头疼。"

"那就早点休息好吗？"

"好。"你说，"那你不要离开我，就在这个房间。"

"知道。"

我关了那盏昏黄的吊灯，在另一张床上躺下来。不久，听见楼道和别的房间里响起一片嘈杂声，经验告诉我：停电了。窗外黑暗中闪着星星点点的灯火，它们如同悬在天上。一时睡不着，我便起来看。扎什伦布寺就在窗子外面，没想到我们住的地方距离这座著名的寺院如此近。

你很快入睡了，深深的呼吸让我感到安慰。我很想抽烟，可是担心打搅你，便重又在床上躺下来。扎什伦布寺的那些灯光里隐藏着什么？一个一个读经的僧人？一个喇嘛和他的两个徒弟？假如我住在亮灯的某个窗子里会是怎样？世界同我是什么关系？什么是因什么是果？纯正的艺术应该源于信仰，真正的艺术家在世俗生活中都扮演着弱小的角色，而我们的不少流行的活跃在台面上的作家、艺术家，他们一个比一个滑头，一个比一个高智商，这还能有什么艺术！我仿佛看见了扎什伦布寺明晃晃的金顶，越过金顶远天的夕阳，那是阿里的方向。爸啦去那么远做什么？他还有女儿？我居然有一个姐姐？假如她就是躺在我旁边床上的你……我爱你，可是我

092

对你的爱里又掺杂着某种依恋。我依恋你。

我的心情又变得灰暗起来，脑子同时也黏住了。我想有一天能够找到她，见见她。

3

早上我先醒过来。这一夜做了许多梦，杂乱无章，醒来便什么都记不起了。你还睡着，一只手臂伸到睡袋外面，短短的头发凌乱地贴在脸上，你这个时候真是好看，像一朵轻轻的云。忘记哪一位作家说过，是不是俄国的那个普宁？他说：世上没有比见到一个熟睡中女子慵懒的面孔更美好的事情了。

起床的动静把你给弄醒了。你迷迷糊糊地问："小孩儿，怎么起来了？你为什么不多睡一会儿呀？"

"我醒了。"

"应该再躺躺，你睡得太少了，你为什么睡这么少？"

"这是在路上，我习惯这样。"我说，"你现在还头疼吗？"

"头？"你扭动几下，"已经好了，没事了，昨天就是喝多了酒。"

"以后要注意点。"

"你怎么说话这么像我爸呀，什么都要管？"

"我珍惜你。"

你哈哈地笑："你怎么这么好？为什么要对我好，小孩儿？告诉我。"

我坐到你床边，亲了亲你的脸，说："知道吗？我想得到你。"

你翻翻眼睛，说："好啦，睡得真好，我要起来了。"

"你像个娃娃。"我说。

"我老了。"

"老个屁！起吧。我要抓紧时间做点笔记。你先洗洗，咱们等师傅来叫，再去吃饭。"

"好，该让我伺候伺候你了。我要把脸盆洗一洗，然后给你端洗脸水。"

"刷牙我就自己来吧。"

"牙就自己刷吧。"你笑着，"我怎么觉着和你一开始就没有距离呀？"

"你像我姐。"

"什么？你姐？"你好像不太高兴，"好吧，我就是你姐。那咱们得拜过才行呀。"

"改日回北京搞个猪头，上面插上刀子，再用刀划破手指，喝血酒。"

"好！说拜就拜！"你说，"啊呀，这睡袋气鼓鼓的，我怎么收不起来了？"

"你去忙别的吧，一会儿我来收。"我说，"嘿，那咱们要是拜了，我还能亲你吗？"

"你说呢？亲，应该可以吧。"

"吻就不行了。"我说。

"那当然。那不成了乱伦嘛。"

"不拜了不拜了！"我挥挥手。

"不拜了吧。"你出门，"我看也是拜不成，拜了也白拜，真要拜了，你受得了吗？"

"我肯定受不了！"

"你绝对受不了！"你模仿我的语气说。

等你回来，我让你从窗子那里看扎什伦布寺。你看了说，真是宏伟。我说你从阿里回拉萨路过这里的时候可以进去看看，参观完了，你便坐小公共汽车直接到拉萨。

4

旺久师傅来叫我们准备准备，然后退房走人。他们已经吃过早饭。为了赶时间，我们只好喝了杯咖啡就上路了。

师傅见我们一上车就吃饼干，说："你们没吃早饭？停车你们吃点。"

你对我说："就是，你得吃东西，不吃可不行。"

于是，我们车子刚开到街上就停在了一家小饭铺门口。那两个老外也跟我们一起吃早点。我要结账。那美国人问饭铺主人多少钱，人家说八块钱。那美国人清点着自己吃过的一碗豆浆和两根油条、一个包子，人家说一块八，美国人就给了一块八。大胡子日本人吃完不说话枯坐着。余下的账我结了，日本人站起来冲咱们点点头便爬到车上去。我跟你说："大老美还比较懂事，这小日本可能以为这

095

顿饭包括在他的车费里了。"

你笑笑："吃好了吗？吃好了就走。"

"走。"我站起来说，"中午我们到拉孜要好好吃一顿，再往前，从地图上看就没什么好地方了。"

"今天晚上咱们到哪里住？"

"顺利的话，到一个叫二十二道班的地方。"

"你怎么什么都知道？"

"在北京出门前就已经做好了案头工作，还问过不少人。跟你说吧，我到什么地方，没去过就跟去过差不多。"我说，"我都觉得自己快成个职业旅行家了。"

"可我还是喜欢你做个剧作家，我喜欢话剧。"你说。

"我明白你的意思，但眼下这还不算矛盾。"

车子启动了。我们从扎什伦布寺的门前经过，看到几个磕长头的人趴在小广场上。朝阳把寺院建筑的金顶和背后的山坡照得嫩黄。

我说："从现在开始，你帮我个忙，遇上我采访什么的时候，或者到一个地点，你可以画一些速写将来用在我的书上，算是咱们的纪念。"

"好呀。"

旺久师傅听到我们的谈话，问我们究竟是来干什么的。我说我们是记者。他说没有见过你这么辛苦的记者，像你们这样去阿里旅游的中国人也不多，路上太辛苦了真的。他每说句话，最后都要加上一个"真的"。他说："采访采访我们这些司机吧真的，我们每天才补助十块钱，路又不好走真的，太命苦了真的。过了拉孜咱们才算开始，你们看吧，从现在起咱们五六天到狮泉河就是胜利，跑这种长途真的太辛苦了真的，我跑过成都、格尔木、西宁、兰州、西安、上海、山东和尼泊尔，都没有跑阿里辛苦，特别是从新疆叶城到阿里，那才是辛苦真的。"

"你去过上海？"你问。

师傅说："去过。"

"上海怎么样？"你又问。

师傅说："上海好。"

"我就是上海人。"

师傅看看你，说："就是，上海好，远得很。"

"上海哪里好？"你问。

师傅说："哪里好嘛，远嘛。"

你笑了："那阿里也远嘛。"

"就是，阿里也好嘛。"师傅说，"我们到上海，车子不让进城。拉了一车新疆的哈密瓜，卸了就回来。"

"你们真是不容易。"你说。

"真是不容易真的，一车瓜烂了半车。"

我心里很高兴你能和旺久师傅说说话，这样可以把我的脑子解放出来。我知道，跑长途的时候，和司机说话的疲劳程度不亚于驾车，而坐驾驶台的人又不能不说话，否则很容易造成司机的疲劳。

"你就尽量多说说话。"我小声告诉你。

"嗯。"

"昨天你话不多。"

你冲着我耳朵轻轻说:"我有特殊情况。"

"我明白了,阴天。"

"现在晴了!"

旺久师傅听见,说:"这一路一会儿晴天一会儿阴天,有意思真的。"

"来,放上磁带,让咱们一路欢歌笑语。"我说。

中午,到了拉孜,这是西藏出产刀子的地方。我们好好请两位师傅吃了一顿,还有红烧鱼。饭后,我们过雅鲁藏布江拉孜大桥,继续前行。拉孜大桥建成没几年,原来借助老式油轮摆渡,黑烟滚滚,往来两岸的车辆要等待很长时间才能过江。

整个下午我们都在翻山越岭,过了一个地名叫桑桑。你说这个名字挺有意思,好像一位矮个子的男人,或者是一个流浪的小孩儿。我说这是个乡名,归昂仁县管辖,再往前就要进入阿里地界了,桑桑的意思就是好上加好。

"你很好,和我出门,桑桑地好。"我夸你。

师傅听过大笑,对你说:"你能嫁给我们藏族小伙子,真的不容易。你要是穿上我们藏装,就真真的西藏姑娘了,真的。"

你因为心情尤其好,便高兴地对我说:"我要穿藏装!"

我说:"回拉萨送你一套,反正你穿什么都好看。"

过桑桑以后,我们就进入了多雄藏布江峡谷。光线变得越来越幽暗。路边时常出没着野兔和旱獭。车子经过的时候,野兔都跑得老远,立起长耳朵看我们,旱獭不惊不诧地站在它们的洞口双手抱拳,向我们行注目礼。

我说："你就是旱獭。"

"我为什么是旱獭？"你问。

"你和旱獭一样可爱。"

"你，是你，你才可爱！"

旺久师傅说："和你们两个一起走，真有意思。"

5

我发现你为了减少路上的方便次数，在车上一口水也不喝。不知不觉中，天色暗了。阳光的消失，使得我们沉默下来。车内录音机里的西藏民歌已经反复唱了半天，我们已懒得再听。风渐渐地冷了，窗外是苍茫的草原和连绵起伏的墨绿山丘，它们泛着宁静。我和旺久师傅抽烟。你的两只手臂紧紧地挽住我的胳膊，眼睛直视着前方火红的天空。漫漫长路的寂寞开始向我们袭来。我只想这车能够赶快停下，它的停下，将象征着我们一天定量行走路程的结束。

真是想什么来什么，车子马上就开始发脾气了，我们得时时停下来掀盖子。水箱开锅、刹车油泄漏、皮带轮松弛，真是见鬼！慢悠悠地走，幸好往前不远就是十三道班，我们只能赶到那里住宿修车。原定赶至二十二道班的计划破灭了。

十三道班就是几排泥土房子。只有两间屋子的茶馆旅店已经住满了人，剩下的两张肮脏的床铺让那两个老外占了，因为他们肯出高价。另一台车上的两个生意人只好睡在车子底下。师傅们准备睡车上，他们正打闹说笑地和那两个朝佛的青海女子在车上搬挪货物，收拾出空地。他们打算先吃饭再修车。道班停了几台大车，四周空荡荡的都是草地。我们看见草地上支了三顶帐篷，那是搭别的车辆往阿里去的游客。我转了一圈，了解到那几顶帐篷里的人有老外，还有一对从广州来搞摄影的男女。无论中国人还是外国人，在这个遥远的荒原上，大家彼此都显得怀疑和冷漠，言语不多，让我觉得他们恐怕这也是斗胆第一次出远门。

"咱们的家伙要用上了。"我说，"趁天还亮，赶紧支帐篷吧。"

"我还不太会支帐篷。"你露出为难的样子。

"怎么，你没有露宿过？"

"没有。"

"看你留的条子，我还真以为你是个大侠呢。"我说，"来吧，一起来，咱俩帐篷的距离拉开三米远，东西全都集中在你的帐篷里。"

我自己的帐篷还没有固定好，天就一下子黑住了。然后，你打着手电为我照亮。安顿完事后，我陪旺久师傅他们到茶馆吃饭喝啤酒。你守在自己的帐篷里等我给你带吃的喝的回来。

你在帐篷里听到外面的脚步声，撩开挡风帘，用手电照亮我。

"是我是我。"我说，"别照脸别照脸，知道是我就别照脸，我又不是贼。"

"我是不是给你添麻烦了？"你又问。

"你是怎么了？你帮了我。"我说，"我需要你，知道吗？快吃点肉吧。"

"谢谢你。"

"什么话！"我说，"那茶馆根本就不是什么茶馆，其实就是住家。这里炒菜不新鲜，还贵，我只要了手抓羊肉。旺久师傅还问你吃不吃面条和糌粑。"

"这样就够了。我再吃点饼干。"

"那你自己先待着，师傅们都在茶馆里，我再去坐坐。"

"好吧，你去忙。"

"反正很近，有事你就喊我，或者用手电照照，我能看见。"

"好，你去吧。"

我上坡快要走到茶馆的时候，你在后面喊："达娃！"

"怎么了？"我转身跑回帐篷，"什么事？"

"我就是很想叫你。"你摸一下我的脸，"你有这么多胡子。你是好的。"

我吻你："有事，就像刚才这么叫我。"

"去吧，我不叫你了。"

茶馆里点着白炽的汽灯，飞虫们围着汽灯团团转。我同老板和几个司机聊天。他们都对我好奇，都说我应该就是藏族，因为妈妈是藏族，爸爸是谁不重要。老板还为我拿出了一点风干的羊肉。我觉得他们都把我当成了一个离家出走的孩子，同时又是他们的骄傲。但他们一律谴责我的藏语说得不够好，说我语言不好就是忘本。我和他们都聊了些什么？我们聊西藏的道路交通状况，以至聊到了宇宙究竟有多大，外星人会不会降落到藏北无人区。他们喜欢听我说话，说我的声音听着像中央电视台的"新闻联播"。然后，他们又因为我而争论起来，一方说我要不是在首都长大，能有这些知识？

能见过那么多世面？另一方反对这种说法，说我还是要多了解自己的民族，多为自己的民族做点事情。我说，我回来采访写东西就是为这里做事情。他们又一致说，我们支持你，需要我们帮什么，你说一声就行了。

老板十二岁的小女儿一直站在旁边听我们这些男人说话，不断地往我们的杯子里倒酒斟茶。他的大女儿还没有出嫁，忙着煮水和面条。一个司机半靠在墙角的卡垫上，他自始至终隐在暗处吸鼻烟，偶尔随大伙笑笑。我问他鼻烟好吸吗，他立刻递过来。我捏一点放在鼻子下闻闻，说味道不错。他示意我用劲儿吸，我吸过连续打出十几个喷嚏。就这么点事也引得他们笑得死去活来。说着笑着，外面噼噼啪啪地下起了冰雹，有几粒跳进了屋里。紧接着，又落下大雨。旺久师傅正在外面修车，这时也只好跑到茶馆里来避雨。和他们一同跑来的还有那两个生意人。我不知道你在帐篷里怎样，就跟师傅们说回帐篷看看。我出门的时候，又听到师傅们在背后议论我的阿佳啦是个汉女，长相还不错。他说的"阿佳啦"就是老婆的意思。

"达娃，我正要叫你呢。"你缩在自己的帐篷里，"你看这可怎么办呀？"

我把头探进帐篷："哎哟，灌水了。"

"不是灌水，是漏的。"

"怎么漏的？"

"也不知道怎么回事，我的帐篷渗水。"

"就是。"我又看看说，"你这叫什么帐篷，整个一件道具。拉倒！赶快趁这会儿雨小，把东西都挪到我那边去。"

"那我呢？"

"你也过去。"

"我们又睡一间？"你笑着说。

"本来夫妻就该住在一起。"我说。

"那我这帐篷怎么办？"

"你的破烂道具就算了，明天留给茶馆的老板吧，说不定人家还能用它当狗窝。"我说。

"你坏，你坏死了！"

"好了。"我说，"收拾东西，赶紧搬家，关键我的电脑不能湿了。"

6

等我们料理停当，雨奇怪地停了，可是贴着草地吹来的冷风一阵比一阵凶猛。我们两个裹在睡袋里直打战。单人帐篷里挤着两个人，再加上行李，空间显得很小。因为冷，我们只好将外衣外裤都脱掉，一层层盖在睡袋上，然后将两条睡袋合拢在一起，两人相拥着躺下来。

我们长时间接吻，互相抚摸，身体渐渐温暖了。你说："我早知道就会这样。"

"什么时候明确知道的？"我问。

"你叫我娇娘的时候就预感到了。"

"那你还敢跟我来？"

"不知道不知道，你别问我。"

"我想现在就要你。"我说。

"不行！"

"必须要！"

"这里不行，听话小孩儿。"

"什么行不行，来吧。"

"不要！"你好像被搔痒地笑出声来，"哎呀，不行不行的。不行的，你为什么要这样……"

"我喜欢你。"

"喜欢就能这样吗？"

"就这样。"

你静了片刻，然后疯狂地和我接吻。我感到你不是在吻我，而是在吸我。你下意识的阻挡使我激情高涨。直至现在，我依然可以回到那一次奇特的感觉当中。你好像有着一种天然的体贴入微，你的激情又似乎埋藏了许久，不仅仅是我得到了你，而是我们相互得到。我当时就明晰地感觉到，自己的一场真正的爱情开始了。

帐篷外面，茶馆那边的狗叫三两声传来，还有马脖子上拴挂着的细碎铃声。旺久师傅他们还在忙着修车。远处有时候能听到荒原上像人哭泣一样的狼嗥。帐篷顶上的通气口被月光照亮，稍微偏偏角度，可以看见天空厚密银白的云层。你紧紧地搂着我，把我的头抱在怀里，或者又将脸贴在我的胸口。忽然，我发现你的脸上全都湿了。我说，怎么了，刚才是我不好。你说不是不是。那你为什么哭呢？你不说话，把我抱得更紧了，好像害怕一旦松手，我就会消失。我不想多问你什么，但是已经感到了你生活的压抑，你并不快乐，你有苦处。你纯净的面孔隐隐约约透着孩子样的天真无邪，让人怜惜。我们怎么办，怎么办呢？你问。我们现在很好，我说。你又问，那将来怎么办？将来谁知道，我说，我想得到你。

"你已经得到了。"你说，"我觉得和你很近。你好，你对我好，你和我亲。"

我下决心问："他对你好不好？"

"不一样的。"你说，"他认为那就是好。"

"你指的是物质？"

"说什么呀！不是。物质算什么！"你说，"他只对自己好，他自己比什么都重要。"

正是从这片荒原上开始，我渐渐知道了你的心事。

7

你们又是大吵大闹一场，然后你便从家里跑出来。结婚八年，儿子三岁多了。你打亮手电，给我看你钱夹里儿子的照片，那真是一个机灵的小家伙，眼睛放光，胖乎乎的像个小活佛。你跑出来，完全不知道为什么又跑到了西藏，似乎被上帝牵引着来到这个地方，而来这里又好像就是为了同我相会。你重复了父母的生活，一开始双方就是那么不和谐，很多时候为了一点点事情搞得家庭战火爆发。他是个极端认真的人，严谨到无以复加的地步。他的工作压力自然非常大，常年国内国外飞来飞去，性情始终处于烦躁之中。你对他理解，对他好，但是他觉得这很正常，并且还嫌不够。他把你当作他手下的一名雇员来对待。你还远远不如他的一名属下，因为他对待属下员工的态度和对你的态度完全不一样，他从不向他们发脾气，他在公司里很会做人，任何事情都能处理得井井有条。你们也没有情感的交流，即便他长时间在国外出差，回家的时候，你为他准备好一切，为他打开房门，为他拿出拖鞋，为他沏了茶，他却是一边听着手机一边走进家门，然后抱抱儿子，接着便一头钻进他的书房接通电脑网络。他做任何事情都是数据的、程序的、规则的、冷静的，而你又过于需要感动、热情和浪漫，物极必反，你甚至需要粗糙和堕落。他早出晚归，有时夜不归宿，你们已经没有了普通的家庭生活。你除了上课，在家都是一人吃饭，外面也没有几个朋友。儿子放在幼儿园里。你又不喜欢陌生的热闹场所，你更看不上那些无所用心无所事事的闲散人物，于是在参加过许多聚会之后，你便陷入到深深的无聊和幻灭之中。你童年刻板严厉的家庭教育和你天性之间始终产生着不可调和的矛盾，或许你所反感的恰恰就是你缺乏的。你和你的丈夫也没有共同的娱乐，他听音乐会，他去打高尔夫，他玩桥牌，都是跟客户在一起。你也买了年度套票，每个星期好几个晚上到小西天中国电影资料馆，欣赏美国的法国的日本的意大利的俄罗斯的德国的英国的电影周电影月，可是去过两三个星期，你便感觉到那些欣赏影片的女人，她们脸上的表情都非常怪异，差不多都表露着某种生活的单调和无趣，要么就是傻兮兮的优越。毕竟你在国外多年，西方的东西你见得太多了，对你根本不存在任何诱惑。于是，你把电影套票送了人。那个都市对你而言完全是一座冷冰冰的监狱，所以你才要出走。国外你也去过许多地方，可是那些地方同你现在生活的城市没有多大的不同，无非是生活更便利一些，空气清爽一些，色彩斑斓一些。一个人或带着孩子在国外瞎转，寂寞依然向你侵袭而来。你潜意识里又非常注重道德，你的传统拘谨一样来自父母的教育。你并不否认曾经红杏出墙，但自我谴责又苦苦地折磨着你，让你几乎无路可寻。我问，你爱我吗？

"我们刚认识对吧？"你说。

"我想要你。"我说。

"你已经要过了。"

"我想得到你。"

"你不是已经得到了吗？"

"我要你和我一起生活。"

"现在不说这些，好吗小孩儿？"

"别这么叫我。"我烦了。

"你就是小孩儿。"你说，"不过，你生气的样子显得更成熟。"

"我爱你。"

"别这么说。"

"我喜欢你。"

"我知道。"

"我依恋你。"

你抱紧我，问："对了，你真有个姐姐吗？"

"大概吧。"

"怎么不想办法去找找她？"

我一时又心绪烦乱起来："再说吧。"

"你是好的。我们俩就是近，你说是吧？"

"对。"我说，"嘿，你会不会是我姐？"

"有可能。我和她年龄相当，好像咱们长得也有点像。"

"咱们是夫妻相。"

你捶了我一下，还咬我的胳膊："你姐姐怎么能是我呢，她生在杭州，我生在上海，这还能有错吗？"

"要是你，怎么办？"

"别恶心我了。那就去死吧。"你说，"不早了，你要睡一睡。"

在帐篷露宿醒来的那天早晨，可能头天晚饭吃多了干肉和糌粑，又受了凉风，我的肠胃异常难受，胀疼得要命。我跟你说自己要不好意思了。你问什么事不好意思。我说我要吹号起床。你明白了，很平常地说放吧放吧没关系。声音响过，你大笑两声。我说，你不是非常欣赏格瓦拉吗？你读没读过他一九六七年秘密离开古巴到玻利维亚打游击的日记？你没读过。我说，了不起的切·格瓦拉在一则日记的开头这么写道：整天打嗝、放屁、呕吐和拉稀，一次真正的风琴音乐会。你听过继续大笑，说我瞎编骗人。我说，这是真的，不信等我回北京查给你看。人在艰苦的自然环境中，依然保持着他的乐观，这才是一个真正的男人。屁除了消遣，也是一种能量，既可以当作熄灯起床的号角，也可以用作睡袋里的自生暖气。"求求你，别说了。"你笑得流出了眼泪，也许是被清晨的冷气冻的，"我不知道睡帐篷也这么舒服。告诉你，以后要是找不到我……"

我说:"行啦,就到帐篷里找你。"

"对,就到帐篷里找我!"

8

听到那边的说话声,知道老板一家早已起床。为了不让师傅和其他搭车的人等我们,你我也早早地起来。收了帐篷和行装,我们便到茶馆去喝茶。

日常的洗漱都免了。这个时候,太阳已经从辽远的山峦上升起来,把广大草场照得金黄。你坐在老板家的卡垫上,守着炉灶看老板的大女儿煮甜茶。老板的妻子始终没有出现,也不方便问。你还主动帮我问了问,人家只是笑笑,不回答你的问题。

我把你那顶道具样的帐篷送给老板,然后提上行李到车子那里去看旺久师傅起来没有。他们全都起来了。旺久师傅正坐在自己的被套上穿衣服,然后用手干洗脸。另一台车的师傅收着他的铺盖。他们一边做着这些事,一边和那两个同他们睡了一夜的青海女子调情说笑。那两个女子正在慢慢地往身上穿着冬天的藏袍,两个师傅你一把我一把地扯开她们的袍子,伸手去她们的怀里乱掏一气。他们见我看着,还显出一点点羞涩。我说你们又快活了。他们大笑,说奶子好大,真真的快活,你不是也很快活吗?他们修车到很晚才休息。另一辆车驾驶台上的两个生意人因为前一天修车和下雨,所以也睡得很晚,他们睡在他们搭乘的大车底盘下面。为了防潮,他们还在地上铺了好几层塑料布，显然也是有备而来。两个老外提着行李从他们住的屋子里走出来，他们的精神比我们都好。

在我们喝茶的时候，其他车辆轰鸣一阵，出发了。十三道班这里立刻宁静下来，空落落的，如同一个废弃的机场。我也想咱们尽早上路。你拿出速溶咖啡请大家喝，只有那两个老外接受了，他们喝得非常贪婪。你问我要不要送给他们几袋。我说拉倒吧，我请他们品味一下我们藏族的饮食就已经不错了，至少能让他们的将来有所回味。

坐在昏暗的屋子里，从敞开的门看出去，草原和山的景象透明得好像一张颗粒细腻的彩色照片。前一天，我们从日喀则到十三道班已经走了二百多公里的路程。露宿一夜，天亮即上路。现在，你再问我以后的路程，我都不知道该如何回答了，师傅也回答不出一天明确的终点，只能讲尽最大可能，哪怕走到深夜，赶至措勤县城。这一天我们只能拼命地往前赶路，这样才能够住宿在大点像样的地方。

上路以后，我们背着太阳走，前方的道路、草地和远山都被太阳照亮着。风也渐渐硬了，我们在往高处走。路碑上刻写的数字逐渐减少。我们数着路碑打发寂寞。我三岁，你九岁。我两岁，你八岁。我一岁，你七岁。我刚出世，你六岁。我胚胎了，你五岁。我根本就不存在，你四岁，早已开始学习绘画。然后，你和我们的父母都不存在。世界和周围景色不变。感觉没走多久，也就三个来小时，还没到中午，咱们又停下来，这里的路碑是219线的1916公里处。刚才，车子正在行驶，猛然向左倾斜。停车查看，发现左侧后轮的减震钢板断掉一根。前面四公里就是二十二道班。这下可好，我们只能慢慢行驶到二十二道班又住下来。

二十二道班的规模比十三道班要大多了。荒原上居然有一家悬挂着牌匾的茶馆旅店。那糟木牌上用红黄绿三个颜色和藏汉两种文字写着：康久拉妥。汉文写得歪七扭八，几乎认不出到底写的什么字。康久是雪域，拉妥是高，康久拉妥就是雪域高原的意思，旅店很小，就三五间土房，可是名号蛮大，代表着全西藏。这就如同在北京郊区国道边上的一家大车店，它的名字敢于叫成"首都宾馆"。

住宿的每个房间里都有六张单人木床。师傅们依然要和那两个青海女子睡在车上。两个生意人、两个老外和咱们集中在一间屋里。随便吃了碗面条，我赶着在房间里做笔记。两个生意人躺在床上抽烟说话。大胡子日本人也同我一样在本子上写东西。那个美国人出去闲逛了。你坐在我身边，在一沓白纸上胡涂乱抹，然后又拎上相机到外面去拍照。我告诉你外面阳光太大，不如晚些时候咱们一起出去，你可以先休息睡一睡。你说自己不习惯中午睡觉，再说待在屋子里闷得很，你还是要出门到草地上去走走。我说你不要走远，等我写完了就去找你。

9

整个下午的多数时间我都在做笔记，没有电，我先在本子上详细记录。人在路途中写作就是这样苛刻，能做在前头的事情决不敢拖到以后，要抓紧每一分钟的空闲时间，因为行走和生活永远要大于写作，如果违背了这个原则，还不如干脆回到家里凭借着想象编造故事。我的笔记除了记录每天的见闻，还有一些零碎的思考。我一边做着笔记，一边跟日本人和那两个生意人聊天。这也是我的特长，我善于在任何环境里写作，不管环境有多么嘈杂。我曾经设想过，我可以在战场上进行写作，我梦想有一天能做个战地记者。报纸上那些派出国去的战地记者的文章实在让我看不上眼，他们除了转引外电的内容，剩下就是强调自己的艰苦，没有战场的细节，更没有生动的描写，所以我觉得战地记者起码要让搞文学写作的人去才能解决问题，并且这个人还要具有非凡的激情和理想。

在跟屋里人聊天的过程中，我了解到那两个生意人想去阿里狮泉河镇开酒店。他们是陕西人，听先到阿里的朋友说那上面现在可热闹了，是赚钱的大好时机，于是他们打算上去接手一家食宿酒店，重新装修扩大营业。那个日本人来自东京，他在一家影业公司搞录音，利用假期到西藏来旅游。我和日本人的交谈比较困难，我们用笔在纸上写字笔谈，或者借助于我和他都非常蹩脚的英语。他居然会几句藏语，和我从抗日战争影片上学来的几句日语水平差不多。为了交流，语言成了本能的东西，我无法想象凭着如此隔膜的语言，我们能够彼此了解，能够谈论谈论村上春树和谷崎润一郎。但是，即便我们之间没有语言障碍，这个日本人的话也不会太多，他给我的印象是个非常沉默的人，我还想这家伙会不会是因为家庭生活遇到了情感危机，跑出来躲事儿。他又很像一个忍者，每次停车解手的时候，他都是眉头紧锁双目微阖，两臂交叉向身体下面按去，仿佛气运丹田。这日本人还有一个特点，就是停车吃饭喝水都跟着我们，从不花一分钱，吃完喝完，点点头便离开。我和师傅已经商量好准备对他下一次手。

和屋里的人说着话做完了笔记，猛然意识到你出门这么久还没有回来过，我就收了东西去找你。

天空大面积的云影在草地上缓缓移动，这使得开阔的草地前后左右有暗有亮。附近一顶白色帐篷里传出哗啦啦搓麻将的声音，我猜想那里的人还一定喝着啤酒。一辆邮政卡车紧贴帐篷停着，不知道它是从阿里往拉萨还是从拉萨往阿里。我们的师傅还在修车。车尾的一边已经被千斤顶抬起来，一个后轮子摘掉了，他们正在拆卸那根断了的减震钢板。我过去看了看，他们这次出门所带的钢板长短不合适，发愁是不是用废旧的内胎剪接起来裹缠钢板。看他们忙活的样子，估计要干到太阳落山了。

我望了一圈，找见了坐在远处的你和那个美国人。走近，才看到你们面前流动着一条小河。对岸的草地间有水光闪烁，深处大概就是沼泽了。那两个青海女子把藏袍铺在草地上晾晒，她们只穿了衬衣站在河水里洗衣服。我看她们洗的正是两个师傅的东西。她们搭车是不收钱的，路上就帮师傅洗衣烧水煮茶，自然晚上他们一同睡在车上，也少不了欢乐。你和美国人看着我，似乎我的到来打搅了你们的交谈。

你问："怎么，今天的写完了？"

"就算是吧。"我说。

"过来坐坐？"你说。

美国人用陌生的眼光打量着我。我主动跟他打招呼，他面无表情地冲我点点头，什么话也不说。

那一瞬间，我觉得你跟美国人坐那么近倒成了一对儿。我说："你们坐吧，我到别处转转。"

我转身走出去几步远，听到身后你对那美国人用英语说声"对不起"就跟上来了。我有意不回顾不等你。"等等我。怎么了，小孩儿？"你追上来挽住我的胳膊，"为什么不等我？"

我不说话。你问："怎么啦？"

我站住了："跟你说过，少他妈居高临下叫我小孩儿！"

"哎？你这是怎么了？为什么突然发火？"

"我就是烦你不分场合瞎叫！"

你一下子抱住我的头，说："那你还叫我娇娘呢。"

"我叫你，但没有小看你。"

"那我叫你也没有小看你的意思呀。"你松开我，"不对吧，你不是生这个气吧。我不就是跟他聊一会儿嘛。"

"你们聊了不止一会儿吧，亲密无间的。"

"看看，我猜对了吧，你就是生气了。你嫉妒了。"

"嫉妒个屁，从小我就不知道'嫉妒'这两个字怎么写。"

"你就是嫉妒，这样不好。"你说，"我和他聊，不是也帮你了解了解嘛。"

"我用你帮吗？"我问，"你还想帮我了解他什么？"

"你！你低级！"

我刚要继续说什么,看到你眼里的泪水在打转,便收住了。这时,你忽然转身跳过小河狭窄的一段,往草地深处快步走去。我赶忙追上把你拽住:"干什么! 没看见前面就是沼泽吗?"

　　你挣脱着我:"管不着! 你走开,走开!"

　　"那里是沼泽! 你没看见吗!"

　　"死了拉倒!"

　　我一把将你拥在怀里:"好啦好啦,我错了行了吧?"

　　"你不负责任!"

　　"好了好了。"我说,"刚才我写完东西,一下子意识到你半天都不在,你知道我心里什么感觉,突然就空了。"

　　"我还不是怕在一边打搅你,再说我又没走远。"你擦擦眼睛,"你说,刚才是不是嫉妒了?"

　　"不可能,没有。"

　　"没有?"

　　"没有!"

　　"鬼才相信。你就是嫉妒。你说你嫉妒了,说呀!"

　　"好吧,我嫉妒了。"

　　"真是小孩儿,无辜的小孩儿,我喜欢你这样。"你破涕为笑,"我倒是希望人家能对我有什么意思呢,可惜就连一丝半毫也没有。"

　　"一丝半毫都没有? 我不信。"我说,"你这么美。"

　　"去! 那是在你眼里,别人可不这么看。"

　　"刚才要不是我拉住你,也许你就陷进去了。"我一箭双雕。

　　"什么意思?"你说,"又要气我是不是? 我是谁!"

"你没看见前面就是沼泽吗？"

"沼泽？"你说，"我还没见过沼泽呢。小时候学课文，知道红军长征过草地有许多人在沼泽里牺牲了。原来这就是沼泽呀，一点也看不出恐怖。"

"能看出来的恐怖还叫恐怖吗？"

"那咱们赶快回去吧。"

我们往回走，坐到干爽的草地上。那个美国人一直在注视我们。现在该说到他了。我知道自己这么想，非常狭隘。你说他和我一样，也是个作家，到西藏来写作。

美国人叫戴维，同那个日本人差不多大小的年纪，都是三十六七岁。他早先学的是信息工程，可是个人非常爱好旅游，现在受雇于台湾的一家电子读物出版公司，到西藏来拍照写作。你说他同我到西藏的性质差不太多。其实，他的事情和我的工作差远了。他来西藏主要还是介绍一些景点、探险旅游路线和民族风情，也就是说他了解与旅游相关的东西，而我要了解的是社会和人。这个戴维见我们坐下了，就走过来。你翻译说他要跟咱们坐坐。我说随便坐吧，这么大的绿色客厅。戴维笑了笑："听她讲你也是一位作家？"这话告诉了我，首先他是作家。

"是的。"我说，"准确地说是戏剧作家。"

戴维做出礼貌欣喜的表情点点头："你写戏剧？"

"是的。也写小说和游记。"我说，"我喜欢你们的海明威。"

他非常高兴，说："我也喜欢。纽约有一家海明威酒吧，我经常去。"

"但是，我更喜欢你们的奥尼尔。"

戴维摇摇头。你用英文准确地把名字翻译过去，他还是摇头不知道。

我问，你写小说？诗歌？书评？政论？他回答，闹闹闹，我写游记。我心想，游记并不等同于游记文学，顶多是旅游介绍，这也能算作家？

"丫外国混混，没文化。"我说，"出来写写字就是作家，在咱中国还没到这个地步。"

你笑了，戴维也跟着笑，他笑得非常天真。我还能和他交谈什么呢？谈西藏，他懂吗？谈富兰克林，远了点。他只会说西藏真美西藏真美，仙境一般美丽，他还能说出什么？他热爱旅游，身体确实很棒，如同一头种公牛，完全没有头脑。我敢断定，他到西藏的佣金远远多于我，他的任何设备都要强过我，可是他所要完成的小儿科事情同我的工作比较，却有着天壤之别。他固然大方自然洒脱，但他眼神里同时流露着明显的优越感。我又开始走神儿了。公正已经在这个世界上流行了吗？我看未必。这么说吧，我对富贵的厌恶等同于厌恶贫贱。我不知道你跟戴维刚才都聊了些什么。你说你们在我出现的时候，也就是刚刚坐下来聊了一会儿，那之前你都在转悠拍照，还画了几张速写。我说，好啦，我要去为咱们的晚餐找旺久师傅动动脑筋了，你再和戴维坐会吧。你说："哟，怎么一下子就大方啦？"

"那当然。"我也像你刚才那么说，"我是谁！"

"算了吧小孩儿，我可领教了你。"你说，"咱们一起去吧。"

10

　　我们决定这天晚上吃一顿羊肉。旺久师傅说要是我一个人请客，他们就不吃了，得让那个吝啬的日本人出点钱。不过，旺久师傅认为要让日本人出血根本没有可能。我说这包在我身上。我想大不了还是自己请客，大家高兴就好，至于日本人掏不掏钱并不重要。我要先给师傅一百块钱。旺久师傅说，等买到羊肉再说。

　　羊肉搞来了。旺久师傅从帐篷中那些打麻将的人手里买到一只很大的羊腿。两个青海女子在草地上架锅煮肉。

　　天色渐晚。羊肉煮好了，真香。我们围着一锅冒着热气的羊肉席地而坐。两个青海女子每人用刀子割一块肉坐得远远地吃。戴维来了，他吃得非常客气。大胡子日本人也来了，吃相狼吞虎咽。吃过，我问旺久师傅要日本人出多少钱。旺久师傅说五十，你试着要要看吧。于是，我英语、藏语、汉语、日语都用上了，跟日本人说："你地，夏地（藏语：肉）觅西地（日语：吃）雅古都给（藏语：好不好）？"

　　日本人咽下最后一口肉，连连说："雅古都（藏语：好），雅古都。"

　　师傅和你都看着我屏住笑。我继续说："你地，吃白饭地没有。"

　　你拉了拉我的衣袖，制止我这么说。

　　日本人笑着看我，问："卡惹（藏语：什么）？"

我伸出手去捏捏指头："玛尼（英语：钱）！玛尼玛尼！"

日本人恍然大悟，从衣兜里迅速掏出纸笔又要同我笔谈。他吃力地在纸上写："有多？"

我张开一只手："呵久（藏语：五十）。"

他听懂了，点头，半天找出五块钱给我。我严肃了："嘛日（藏语：不对），嘛日，闹（英语：不是）！呵久！"

多亏你在一边小声告诉我英语。我说："费服听（英语：五十）。"

日本人惊讶坏了，笑着频频摇头，站起身非常不情愿地掏出五十块钱给我。我请他直接递给旺久师傅。他走后，戴维也掏出五十块钱。你翻译给他说，这是我和日本人联合请客，对二次世界大战时美国支援中国抗日表示感谢。戴维听过，非常郑重地收起了他的钱。旺久师傅跟我说："你也不用出钱了，这些肉总共五十块钱。"

我说："这不好吧，我们多要了人家钱。"

旺久师傅说："告诉你，想不想吃肉？想吃，咱们夜里还有一顿，刚才的肉只是一半，还有一半没煮呢。"

在后来几天的旅途中，大胡子日本人又恢复了吃饭不交钱的习惯。我说他这就叫作得蹭且蹭。

11

离开拉萨以后，我们乘坐的这台车总是闹问题。旺久师傅迷信，说这跟我们车上坐了女人有关，而且他估计可能有女人来了月经。你刚来过月经，这我心里有谱，就跟旺久师傅说："你也就别估计了。"他看看我，大笑起来。

一大早我们就从二十二道班出发了。无论如何我们也要赶到阿里最东边的措勤县。这之间的距离只有二百五十公里不到，还要路过阿里与日喀则两个地区交界的甲嘎地热喷泉。因为车子上路后不久便在1906公里处折向北方，所以阳光一直照着我。过了中午以后，天气阴沉下来。这样的阴天使人觉得要发生什么灾难，很像地震、火山爆发的先兆。

不多久，在道路的右侧，几股高高的喷泉立柱往天空射去。雾气弥漫，仿佛电影大片里的惊险场面。你感到害怕，问我这里会不会是个火山口。我说，青藏高原的地质活跃，喜马拉雅山正处于印度漂移板块和西藏高原的断裂带上，所以这里地震频繁，火山爆发的可能性非常大。旺久师傅为了让我们看看地热，停车休息。

山坡下的地面好像开了锅，又像地球的一块肌体正在发炎流脓，到处都散布着死亡的气息。我们都不想在这个地方久留，师傅也打算立即上路，我们甚至连照片也没有想到拍一张就匆忙离开了。你说你喜欢阴天，也不厌烦落雨，可是甲嘎喷泉这个地方你不喜欢，因为人如果在这个地方死去，那真是可怕。

很快，我们便又回到阳光里。道路坎坷，两旁无边的荒原上出现了十几只藏羚羊和奔跑的野驴。有时候，我们真的好像置身于野生动物园里，这使我们的心情一下子就好起来。阳光斜斜地从旺久师傅那边的窗子照进来，他把头伸出窗外，冲着那些动物大喊大叫：

"吉嘿嘿——！你们吃得饱饱的！你们说话呀！你们认识我，真真的认识我！"你笑他。从旺久师傅身上，我看出西藏高原一个长途货运司机的寂寞和快乐方式。

你不在场的情况下，旺久师傅还跟我讲过他的风流生活。他在西藏跑了二十多年的长途运输，有过无数女人，其中两个年轻时代的女人令他至今不忘。一个汉族，还是个干部。她搭旺久师傅的车从阿里到新疆的叶城办事，路上遇到塌方，没能赶到一个中间站，他们就在驾驶台里过了一夜。那女人有家有室，可不知怎么就是喜欢他。后来，那女人随丈夫调到了乌鲁木齐，旺久师傅还去看望过她几回。每次相见，他们都要找个招待所亲热亲热。旺久师傅说，那女人今天还在乌鲁木齐，人已经五十多了。另一个女人是藏族，是旺久师傅的一个好友的老婆。朋友将自己的老婆托付给他，请他把老婆从阿里捎带到拉萨，结果，那女人刚上路就主动和他好上了。旺久师傅说，那是他从阿里到拉萨用掉时间最多的一次。他顽皮地让我猜走了多少天。我想想，翻倍说半个月吧。他大笑说，才半个月，你也太短了，我整整走了一个多月，真的，真真的走了一个半月！他和那女人从此再没有关系，同以往一样地到这位朋友家做客喝酒，那女人也跟过去完全一样地接待他。他们之间索性就没发生过什么。这真是个有趣的人。旺久师傅的故事，让我接近了人生里难得的真实一面。他们的生活同沈从文写到的湘西那些吃水上饭的船夫有什么不同？他们生命中的光热是一样的明亮和温暖，就像前方日落后如火焰一般燃烧的天空。

12

天黑，我们顺利到达进入阿里地界的第一座县城措勤，在一家招待所住下来。为了庆祝我们一天的顺利，两个师傅非要请我们吃饭，连带着把日本人和美国人也一同叫上。招待所里还开设着歌舞厅，我们吃过饭进去看了看，一些青年男女在里面喝酒跳舞唱卡拉 OK。他们跳的舞让我仿佛回到了十年前的北京，都是标准的交谊舞。

我们又可以住在一起了。夜里，屋子生着火，我们终于有了热水洗洗。床铺还是不大干净，我们把睡袋垫在下面，身上盖着衣服。

后来你又问："咱们回北京以后怎么办？"

你要是不问，北京在我的意识里似乎已经不存在了。我说："私奔吧，干脆私奔算了。"

"能到哪里去？"

"地球上找个角落就行。"

"你怎么说什么都像开玩笑？"

"不开玩笑。"我说，"我们生活在一起。"

"这容易吗？"

"我也没觉得容易。"

你突然想到问："哎，对了，你告诉我，你现在一个人，有没有别的女人？"

"有。"我说,"只有一个。"

"你们可能结婚?"

"还没想过。"

你翻过身去,又猛地翻过来,说:"我们这样不好吧。"

"是不好。"

"那我们该怎么办?"你说,"还是拜吧,拜了算了。"

"可是你说已经这样了,骗谁呀。"我说。

"也是,做给谁看!"

我抱住你,说:"我爱你,将来嫁给我。"

"你是好的。可是,将来谁知道。"

"你爱我对吗?"我问。

"别这么说。"

"你喜欢我是吧?"

"那当然。"你说,"你对我好。你以后还会对我好吗?"

"我依恋你。"

"你会对我好的,我相信。"你说,"告诉我。"

"什么?"

"告诉我,好吗?"

"什么好吗?"我问。

"我好吗?"

"你好。"

"我能刺激你吗?"

"能。"

"我是不是特别黑？"

"我喜欢你的黑。"

"可是我滑。我身上滑吗？"

"像缎子。"

"很滑是吧？"

"很滑。"我说，"我还要。"

"不行的，在高原你身体会受不了。"

"别忘了，我身体里可是流着一半西藏人的血。"

"小孩儿，你怎么又要……"

"就要。"

"我喜欢你要……我就得被你要。你为什么和我这么近？"你又问。

"我们很亲，像亲人一样。"我说。

13

我们又是起早上路。从措勤向西到改则有将近二百八十公里。这是自北线往阿里路程中第二长的地段，但路况糟糕可称得上第一，其中有百十公里要在一条乱石河床上行车，人被颠得五脏六腑都要裂开，前后左右不停地晃动，如同在跳迪斯科。

中午，路过了藏北著名的盐湖。措勤的意思就是大湖。盐湖很大，一望无际。路上运盐的车辆来来往往。车上的盐边走边撒，把道路都给铺白了，在强烈阳光下反照着雪样的白光。这几天，我们多数路段都是向西行进，午后的阳光已经将你我的脸晒得通红，一阵一阵辣疼得钻心。你还好一点，抹了防晒霜。你叫我也抹防晒霜，可是我讨厌往脸上涂抹什么。我从小就不喜欢擦脸油，奶奶为此说我是个怪人。也不知道如何形成的认识，我就认为只有女人才要在脸上抹东西，男人如果每天抹擦脸油，他的性别就模糊了。我从不跟那些爱往自己脸上抹油的男孩子玩，我觉得他们不男不女。但我非常乐意跟那些喜欢打扮的女孩子玩，并且同样不能忍受穿衣打扮邋遢肮脏的女孩子。在这个方面，和我同龄的女孩子永远不如比我大的女孩子。我发现女孩子年龄越大就越是讲究卫生，她们脸上头上身上都干干净净。所以，我小时候很少跟女孩子玩，即便和她们玩，也是寻找那些大女孩，她们的目光一般都比较温和，身上有好闻的味道。

我觉得你就是我小时候那些美好女孩的代表。你是我一个长久以来的梦想。我现在才找到你，真不容易。你说你小时候家里的条件也很平常，可是你们的衣服鞋帽都干净。你的衣服大多都是妈妈亲手缝制的。在你的记忆里，每天晚上，如果妈妈不到医院值夜班，家里那架老式缝纫机就在嘎嘎地响。除了穿着，你家对饮食也很讲究。尤其你奶奶，总是变换着花样给你做可口的饭菜。你家、奶奶家和学校形成了一个三角形，中间是一座小公园。中午、晚上放学回家，你都要斜穿过公园到奶奶那里吃饭。奶奶家在一条老弄堂里，那栋西洋式样的建筑里住了四五户人家。奶奶、爷爷和你的小姑住在一起。这栋建筑的正门完全是欧式的拱形，门额上方有砖石雕刻的花卉。奶奶家的位置在后门。旧时代，后门专供用人和送菜送货的人出入，门开得很小，没有任何装饰。你本来穿出公园就能进到幽深狭长的巷子里，来到奶奶家。可是只要有时间，你便不愿意这么走，总是绕道从弄堂里走前门。你对那个正门充满幻想，它有时候还会进入到你的睡梦里，一个童话中的王子从里面走出来欢迎你。后来你才知道，那栋房子过去都是爷爷和奶奶的。再后来搬迁的时候，国家相应地做了弥补。你妈妈很少到奶奶家去，她和奶奶相处得不融洽，多数时候，妈妈一个人或者同爸爸一起在自己家里吃饭。

你每天都要穿过的那座小公园，在你的少年时代留下了非常深刻的印象，它有着一种忧郁孤寂的情调。尤其秋天到来的时候，地上树上金黄灿灿。几场冷雨过后，潮湿的草叶气息熏染着你，一直到今天，你都想如何才能把那种败落愁人的感觉描绘下来。你后来的许多版画作品，也是和在公园里领略到的那种伤感气息有关。

"如果那时候我们在一起呢？"我问。

"那怎么可能。"你眼神空洞地说。

"我是你的邻居，因为喜欢你，就每天在你穿过的公园里等你。"

"那当然好了。"

"下雨的时候，我拿上伞去接你。"

"你真好。"你说，"你怎么这么好。"

"我还要教你学坏，比如抽烟什么的。"

"我喜欢坏。"你说，"我小时候过于四平八稳。"

"不过，你恐怕会嫌我脏，冬天手冻裂着，一年四季鼻涕都要过河。"

"你流鼻涕呀。"你哈哈笑着，"我喜欢那个样子。"

"我们就像一家人。"

"一家人？"你说，"我真想咱们是一家人，那样我也就不孤单了，我爸非高兴疯了不可，他一生气的时候就怪我为什么不是个男孩儿。"

"我还可以给你当模特儿，你画我。"

"对。"你说，"那我能为你做什么？"

"陪我睡觉。"我说。

"坏死了！你从小就不学好。"

"如果有大男孩招惹你，我就会用弹弓子逮他，要么趁他蹲坑上厕所的时候，突然闯进去给丫一板儿砖，如果不用板儿砖，也会给丫一包石灰。"

"你真是个孩子。"

"认识你，我总想着把时光倒退回去。"

"我也这么想过。"你说，"可是唯独不愿意看到我爸的严厉。"

"他现在对你还那样吗？"

"现在当然不那样了，可是他很少对我表现出欣赏，即便他欣赏我，也不会说出来，我能从他的眼神里感觉到。"

"在你的性格里，也许你更习惯接受残忍。"我想了想说。

"也许是吧。"你说，"记住，别对我太好。"

"那又为什么？"我问。

"你坏一点，我就会兴奋。"你说，"我要你折磨我。"

"人一生的折磨已经够多了，你还嫌不够吗？"

"我有时喜欢你的粗糙。"

"好，现在我就对你粗糙。"

…………

在改则县，我们住宿的招待所比较干净。房廊用玻璃封起来，如同温室。阳光照了一整天，房间里不烧炉子也非常暖和。住宿登记室那边有一台小小的彩色电视，从歌曲中听出来，正在播放都市恋情电视剧《东边日出西边雨》，不过人物的对话都已经翻译成了藏语，听起来怪怪的。

关了灯，我们沉沉睡去。你的怀抱里有我从未感受过的温暖。睡梦把我们轻轻托起，我和你在天上飞，在我们的下面还飞翔着白色的大雁，翠绿的草原缓缓向后滑动，身子的一边还有几栋宏伟的哥特式建筑，从那里传出了钟鸣和赞美诗的歌声。最后，我们望见地平线上冒出了通红的亮光。

14

第二天，我们正要上路的时候，师傅发现另一台车的油箱被路面上卷起的碎石子打裂了一道缝隙，汽油在不住地泄漏。这还了得？幸亏发现得早，否则后果不堪设想。那一台车上只乘坐了两个生意人，没有女的，结果也遭此不顺。我跟旺久师傅说，你看，没有女

128

人坐的车也一样。旺久师傅笑笑说，那不是迷信嘛。

车子出了这样的问题，可不是小修小补的事情了，估计要花去多半天的时间。那两个生意人也得上手，帮着先把油箱里的汽油抽出来，再卸下油箱底盖，往里面灌洗衣粉进行多次清洗，然后把油箱装到我们车子的尾气口启动烘干，再焊补裂缝。从改则到下一站革吉县有三百八十多公里，是这条线路中最远的一段，漫漫的无人区前不着村后不着店，我们必须用一整天拼命赶路。既然修车要耽误多半天时间，我们只好在改则停留一日再住一晚上。于是，我有了充裕的时间做笔记，我们也借机对这个高原小镇增添了一分了解。你在我写东西的时候，还把咱们的内衣和袜子都洗了晾晒起来。

县城所在地的镇子不大，但显得空旷。荒原上两三条土街，街道两旁是低矮的民居和商用房屋，整个镇子如同一座营地。

正午的阳光遍照着小镇，从那些茶馆低矮门窗里传出的麻将声，使得镇子愈加显出宁静。一些头上缠满厚厚的红黑绒线的乡下人，正围着街边的几个台球桌案打球赌钱，他们歇杆儿的时候，手上总拎着一瓶啤酒。硕大的足球场上有群孩子正在比赛。一栋两层的高大建筑物上支挂了大喇叭，用藏语播放着什么通知，接下来就是甜美的藏族歌曲。那两个老外和我们一样闲来无事到街上逛，我们迎面遇见打个招呼，走了走，我们又遇见了，彼此谁也懒得再打什么招呼。整个下午，他们都躲在自己的房间里睡觉看书。我们也睡了睡，然后起来又到街上去喝茶。

茶馆里打麻将的人太吵，我们就坐在外头，眯起眼睛无聊地看偶尔过往的行人和车辆。时间仿佛被胶给粘住了。这时，你发现茶馆的旁边有一家小百货铺，它的门上挂了一块"电话长途"的招牌。今天是周末，你要去给家里打个电话。你去了有半个小时，回来说，这里的长途非常难打出去。我问，你家里好？你说有什么好不好的，老样子。儿子好？我问。你笑了，说他很好，还问你什么时候回去。然后，你不说话了。我们两人此时都像是在欣赏一曲美妙音乐的时候，被什么地方发出的不和谐音烦扰着。后来，你终于开口，说他一个月后要到台湾、香港，还要出国去美国跑一趟。那就是说你在西藏没有多少时间了。不能把孩子周末也丢在幼儿园里，你要回去照看他。最后，你说算啦，不去想这些，我们还要去冈仁波齐，是吧？我说当然，既然来了，咱们抓紧时间，你一定得去那里，这样的机会以后也难得了。

坐了坐，我也去打长途，结果除了跟北京的一个哥们儿和剧院的守门人老李头简短地通了电话，给父亲的却如何都打不出去。只有一次，我刚听到父亲疲倦的声音接电话，线路就"嘀"的一声断掉了，好像天意就不让我们父子通话。其实，我也不是说非要在改则县给父亲挂电话。因为你打了电话，所以我便下意识地也去打一打。即使给父亲打通了，我又能跟他说些什么呢？自从妈妈说了那些事情以后，我心里好像生出了一层膜，紧紧地罩住自己。我甚至还没有设想好该怎样面对父亲。如果要寻找姐姐，父亲是我唯一的线索，对此，我必须谨慎从事。

午饭我们吃得非常简单，一人一碗面条。晚上，我们请师傅们正儿八经地吃了顿炒菜米饭，还喝了不少啤酒，他们修车很辛苦。

回到房间后，我整理笔记，你接着读沈从文。我们不时地聊几句。我对你说，沈从文这个大作家我小时候亲眼见过，那时我同爷爷奶奶住在胡同里。沈从文住在旁边的另一条胡同。我有时在黄昏跟爷爷到奶站取牛奶，沈从文也提着个装奶瓶的小木匣排在队伍里。爷爷小声指给我看，那个戴眼镜的老头叫沈从文，他过去是个大作家，郭沫若说他是反动文人。我问，那他反动吗？爷爷不置可否，说人家说他反动，其实他不坏，大概不久也会平反吧。我问我能看他写的故事吗，爷爷说我还小，他的东西不好懂，长大了再看吧。我小时候父母不在身边，爷爷奶奶的管束虽然很紧，但我的顽皮在街上是出了名的，之所以后来没有往小流氓方向发展，那是得益于爷爷的教诲，我再淘气，毕竟是在爷爷的指导下阅读了一些中国古典文学、现代文学和外国文学作品，这为我后来学习戏剧奠定了一个良好基础。直到现在，我还经常会在梦里见到奶奶和爷爷。梦醒来后，我非常想念他们。

灯光太暗，你阅读累了，就先睡下。我继续未完成的笔记。

15

一路天气阴晴变化无常。有时雨雪交加，糖豆儿样的冰雹打得风挡玻璃噼啪地响。眼见着天空的乌云缓缓地落在草原和山峰上。那些落在草原上的乌云是倾盆的暴雨，落在山峰上的便成了洁白的冰雪。

有两辆三菱吉普"沙漠王"从我们后面飞快地超过去,不一会儿,它们就远远地行驶在阳光里了。阳光从乌云中破开的小洞照射下来,如一根根光明的柱子,斜斜地插在荒原上。那两辆吉普车在这些光柱中穿行而过,车尾扬起的尘土绚烂明媚如同轻纱薄幔。

望着正在跑远的小车,旺久师傅说:"你们看,看看,人家那才叫个车!那才是车!真的!我的车呀我的车,我这叫个什么车!"

他说话的时候,把"车"字都念成了"钗",我们听过大笑。这天,凡是从我们后面超过去的车,不管大车还是小车,我们都要异口同声地大喊大叫:"看,这才是钗!"

我们车顶上的两个老外看了几天尾部向后跳动的风景,现在都有点蔫儿了。也难怪,他们坐在后面又颠又晃,停车的时候,我看他们晕得撒尿都站不稳把不住。大胡子日本人更像个忍者,嘴巴眼睛都很少张开,紧紧地闭着。我的胡子也长出来,把半个脸都遮住了。你看我的样子,说我像个在逃犯。我想自己这个样子可是不好,到阿里后一定先要把胡子刮去,否则自己的工作将会因此受到阻碍,人家绝不会相信我这样的记者。我清楚,在越是边远贫困的地区,当地越是看重你这个上面来人的外表。如果我把自己打扮得像个流浪汉,人家根本就不会理睬我,那么我要做的调查和必需的帮助便全没影了。

在当地人眼里,什么记者和作家,他们全都是一大群人乘坐着十几台豪华"面包"组成的车队出现的人物。那样的人物,要什么接待有什么接待,可他们能了解到多少真实?在所有的纪实写作中,我最最厌恶那种"采访团"形式的调查写作。哗众取宠,走马观花,

132

照抄简报，笔录文件，公费旅游，职业作秀，这便是我给他们的评价。你说我损，唉……我只有唉声叹气。

　　经过了大大小小的许多湖泊，它们如同大地的眼睛。我设想，假如夜航在西藏阿里的上空，那么地面众多的湖泊会不会让飞行员误认成天堂的群星？可是，谁知道在这些美丽的色彩后面隐藏着什么？这里百姓的生活水平同内地，尤其同沿海发达地区的差距，你知道有多大？有些村落，乡民的人均年收入还不足三百元。我这次到阿里主要调查采访的地方是个乡村，名字叫楚鲁松杰。它的位置在阿里最西部，也就是中国地图这只大鸡下鸡蛋的部位。因为那个地方极为偏远，一直没有经历过"民主改革"，所以被称作"未改区"，估计还保留着旧西藏社会的一些"标本"。你说你也要跟我去。我说，到那个地方咱们就不是开玩笑了。临离开北京之前，我已经从一张美国人制作的西藏地形图软件上查看了那个区域。我必须从狮泉河镇到扎达县再到曲松区，或者不用绕经扎达，直接到曲松，再骑马翻越一座在地形图上显示为白色的大雪山，预计要走三五天才能进入那个地方。那里是中印边境地区，艰难困苦自不必讲，况且你没有介绍信和管用的证件，再说，你不是要很快返回北京吗？

　　"讨厌！你怎么才告诉我你要去那么远的地方呀。"你说，"我不让你去！你不许去！"

　　"去不去也不是你我说了算。"我说，"第一，我要完成这件事。第二，天公作不作美、当地政府让不让我进去，还都是后话。"

　　"那你的意思是我们要在阿里分手了？"你问。

　　"都忘了吧，你的字条上明白写着就到冈仁波齐。"

"那我怎么办？"

"咱们抓紧时间，你参观完尽早返回，我也好集中精力干活儿。"我说，"从阿里跑拉萨的车子很多，你放心，到时候我设法联系一台好车，让你顶多三天回到拉萨，如果你能买到第二天的机票，四天以后就在北京你的家里了。如果机票不好买，我给你写两个电话，就是教育部、文化部部长的座位也得给你让出来。"

"吹牛。"

"是是，应该是副部长，刚才说大了。"

"可是，我不想北京。"你说，"我想你。"

"我大概要晚于你一个半月到北京。"

"那么久呀。"

"顺利的话就要这么久。"我说，"这中间，我还要到我妈妈那里看看。"

"我也想见见你妈妈。"你说，"我想象不到她是什么样子。"

"一个普通的西藏妇女。"

"你说你妈妈要是见了我会怎么样？"

"会请你喝茶吃肉，会盛情款待你。怎么，你想见见她？"

"不不，我害怕。"

"怕什么？"

"我是你什么人？你妈妈会把我打出来的。"

"怎么会。你是我老婆。"

"你真的愿意我做你老婆吗？"

"当然。"

"那如果做不成呢？"

"做不成？"我说，"做不成就当我姐。"

"去你的，恶心！"

中午，我们在已经明显变成黄色的草原上歇了脚，又继续向前。路真远啊。阿里太大了。走了这么多天，人都厌倦了，仿佛已经走过了半辈子。我开始怀疑咱们这是在往西天走去，哪里是边啊。迎着太阳走，直到黄昏，天又阴沉下来。天黑以后，远方的闪电犹如干枯的树枝在大地与苍穹之间摇曳狂舞，雷声轰鸣。我简直不能想象这是在人间，咱们仿佛降落到了另一个星球上面。

夜里十点多，我们顺利进入革吉县城。三百八十多公里啊，这可不是在内地的高速公路上行车。这是在海拔近五千米的无人区。我们的身体状况都非常好。到后，草草吃了面条便休息了，我打算将笔记留到第二天到达目的地之后再写。临睡前，想想就到狮泉河了，心情真是松快了许多。

16

我得和你说说我的父母了。

我有一个姐姐，你知道的。关于这件事情，我比你仅仅早知道几天。我从来不愿意对任何外人谈自己的家事，可是面对你，我就收不住口了，这便如同你对我的感觉一样，我们之间刚开始就有着一种天然的亲密。

严格讲，你我生长的家庭环境都不那么健康。你能够在父母亲大肆争吵的时候，站出来说让他们分开算了，而在我就做不到。我同父母长期不在一起生活，对他们的感觉比较淡漠。他们之间要说感情，还是可以的。他们共同经历的生活，在一个特定的年代、一个特定的环境中，尤其我父亲，他对西藏的深厚眷恋，打个不恰当的比方，就算是爱屋及乌吧，也会移情到我妈妈身上。但他们相互在生活方式上存在着一些不习惯。也许提出"生活方式"又显得过于严重了。其实，在饮食习惯上他们没有什么不协调；在信仰上他们也没有矛盾，人心向善，能有多大的矛盾呢？他们的矛盾都体现在一些极为微小的事情上。比如，摆放任何东西，盆子、碗什么的，我爸喜欢摞起来，我妈则习惯摊开；衣服，我爸喜欢叠整齐放或挂在衣柜里，我妈则习惯堆在卡垫上和椅子上。我爸在生活上要求过于精细，有时候我都觉得他婆婆妈妈的简直像个女人；而我妈就显得有些散漫。爷爷和奶奶在世的日子里，我妈跟着我爸回北京探亲，奶奶也和她不融洽，说她拿什么东西用什么东西总不能放回原处。我妈本来就不习惯北京生活，加上这些过于精细的要求，她便觉得北京人活得太累了，是人为东西活着，还是东西为人存在？人早晚都要死的，活着的时候为什么不随意点呢？我觉得妈妈说的也有道理。可事情的发展却没有那么简单。原本父母双方各让一步，都克制自己一点，就和平了，但他们往往为此争执不休，直到不欢而散。在我的记忆里，他们来北京探亲都是一同出现的，可是他们返回西藏却多是妈妈先走，以至后来妈妈很少跟爸爸一起到北京来探亲，这便使我小的时候就被托付给别人两次往来西藏看望父母。那个年代，乘坐飞机是很难想象的事情。我往来西藏都是千里迢迢地走青藏公路到拉萨。所以，现在我看一些人写西藏的游记，把自己走了一趟青藏线搞得那般悲壮，真是可笑。殊不知那都是我少年时代的家常便饭。我总是从北京坐火车到西宁，再坐火车到柳园，然后搭乘一辆"解放牌"大卡车走个把星期才到拉萨。夏天，青藏公路的冻土松软化掉了，路面泥烂，坑坑洼洼的。后来几年，那条线路上才铺了沥青。这么说吧，那时候一路上把我苦的，简直丧失了记忆。我可是没你那么勇敢，更没有你那么能够把握局面。每遇到父母不和的情况，我总是站在一边浑身发抖，生怕他们万一分开了我可怎么办。爷爷和奶奶年纪都大了，我经常在晚上睡觉前想，明天早上起来，他们会不会死去？于是睡觉的时候，总要拿上一两件爷爷和奶奶常用的东西塞在自己的枕头下面，以为这样就能牵住他们，不让他们离开我。我在那个幼小的年龄阶段，真是希望能有个姐姐相互陪伴着，因为我太孤单了。那种没有归宿的感觉，一直到今天还留存在自己心里，我觉着自己像只风筝，不是轻浮，而是从来就没有根基。甚至在小学，我曾经有意识地注意高年级的女生，从中寻找自己梦想中的姐姐，可是她们全都没有留心我，她们更喜欢对我说："靠边儿站。"

"我万万没有想到这个梦想现在实现了。"我说。

"你还是要把我当成你的姐姐。"

"也不完全是这个意思。"

"就是这个意思！"你说，"你所做的一切，都是为了和我保持住一种你需要的感觉。"

137

"怎么这么说？"我辩解，"我想和你生活。"

"你潜意识里把我当成你姐，这有可能在一起吗？"

"这不是更好吗？"我说，"你我都觉得凡是夫妻都不美满牢靠，而我们之间却有着另一层关系。"

"这是病态的。"你说，"我不喜欢你这样的感觉。"

"那你喜欢什么？"我问，"骚老头儿？"

"更让人恶心！"你说。

我望着你，不再说话了。

你接着讲："我喜欢你开始的样子，成熟，有激情，又单纯。"

"好啦，成熟又单纯，可能吗？"我说，"不过，在我身上还真说不定都具备着。"

"其实，你是表面不单纯和表面不成熟的混合体。"

"我都快变成怪物了。"

"你有才气。"

"是吗？"我问。

"是的，我一见你就看出你有才气，你有你自己的想法。这样的人都显得自相矛盾。"

"你呢？"我问，"你自己又是怎样的？"

"物以类聚。"你得意地说。

"他呢？"

"别提他。"你说，"他和你正好是两个极端。"

"他对你好吗？"

"你又问这个。我不是跟你说过吗？不一样的。他认为他对我好，可他就是不知道我需要什么，他只知道自己需要什么。他自己的事情重于一切。"

静默了一会儿，你又说："我有时也想到过，人这辈子在感情上所需要的东西，其实有用吗？"

"你说有没有用？"我问。

"没用。"你说，"随着年纪的增大，越来越没用。"

"你的妥协已经大于你的勇气了。"

"那你呢？"你说，"你的勇气又有多大？"

"和你结婚过日子吧。"

"容易吗？"

"有什么不容易？"

"你真是个孩子。"

"那你的意思？"

"我也不知道。"你说，"我们是不是应该断？总觉得这样下去不会有什么好结果，可是断与不断都苦恼。"

"看看你的《圣经》，上帝说什么？"

"哪里有上帝？自己的事情只能自己决断。"你突然抱住我，激动地说，"我喜欢你，我还是喜欢你，怎么办呢？"

"先这样，好吗？"我擦去你脸上的眼泪，"先这样。以后再说以后的。"

你点点头，紧紧地把我搂在怀里。我能从你微微颤动的肩膀上，感受到你内心所承受着的矛盾和痛苦，而痛苦对于你来讲，又仿佛是生理所需的一种毒品，你依赖它。

我们离开革吉县的时间比较晚，两个原因，一是师傅在县上的朋友请他们捎带些货物到阿里首府所在地噶尔县的狮泉河镇；二是从革吉到狮泉河的路程只有一百二十公里，三个小时左右即可赶到，时间非常宽裕，我们没有必要匆忙上路。这样一来，我们便可以在这座西部县城里四处逛逛了。

显得空旷的县城规模依然很小，半小时不用便走过一遍。留下印象的还是那些设立在一条土街两旁的茶馆。从街上走过的人，整天都能听到茶馆里面潮水般的麻将声。午饭以后我们正准备上路，一阵带着邪劲的狂风突然从天上降下来，太阳瞬间隐去了，天地之间昏暗模糊。空寂的街道上艰难地走着两个穿藏袍的老人，远远望去，他们如同在原地迈动着脚步，身体被风沙扭曲，仿佛隔着不平整的毛玻璃看到的一样。世界忧郁、苍凉、遥远，我又想到沈从文说过的话：美丽是愁人的。

我们继续向西，将近一个小时以后，风还在刮着，可是太阳又露了脸，天空湛蓝透明。我们转向南行，沙土道路的左侧出现了一条河流，这便是著名的森格藏布——狮泉河。我知道，沿着这条青色的河流走，不久便能到达我们此行的目的地。河流与我们逆行，是西北走向，流到境外的克什米尔地区，它的名字就变成了印度河。现在，河岸两边的滩地上长满了低矮的红柳。越过一大片一大片的红柳滩，在我们的正前方目力所及的地方，恍恍惚惚地隐现着一些闪亮的细碎光点，那是玻璃的反照。再往前走，一座小城好像在暗房里冲洗着的照片渐渐现出了影像。狮泉河啊狮泉河，我们到了。我们原本计划五六天，可最后却经过了八天漫长的行程，每个人的脸上，尤其鼻梁上都晒脱着黑色的皮子，我们到了。在我们的寂寞已经接近临界点的时刻，西藏西部这座新兴的高原小城，终于用它平均四千二百米以上的海拔，用它午后特有的风沙和煞白的阳光迎接了我们。

开始还以为我们到的那天，狮泉河起了大风，其实那并不是一件巧合的事情。后来我们才知道，现在的狮泉河镇早先是河流两岸的一大片红柳滩。在城镇早期兴建的时候，因为缺乏燃料，人们便把那些红柳连根挖掉当柴禾烧了个精光。从此，广大的红柳滩逐渐变成一片沙化的滩地。一年四季每天中午过后，这个地方就会莫名其妙地刮起狂风，沙尘蔽日，天地惨淡，或许这便是大自然对人类破坏环境的最直接的报复。如果真要是照此理解，任何人都能够做出非常合理的判断。不过，狮泉河这个城镇的兴建，所付出的代价又何止于破坏环境！设想，若没有那一大片红柳滩的毁坏，也许这个城镇在当时就根本建立不起来。红柳做出了贡献，环境也以牺牲自己做出了贡献，于是才有了这个西部边陲小城。通往这座小城的道路还有两条，一条从拉萨走南线经萨嘎、仲巴和冈仁波齐山下到达狮泉河镇；另一条从新疆南部叶城经阿里的日土县到狮泉河。这个小城同时作为噶尔县和阿里地区的政府所在地出现在中国地图上。城镇所需一切建材、粮食、蔬菜、肉禽、油炭燃料和日用百货，几乎全部由新疆经叶城或由青海经拉萨长途运来。因此，这个地方的物价比内地，甚至比拉萨和新疆叶城都要昂贵，菜油肉蛋等食品及日用，一般价格都要翻倍。物质的相对匮乏和生存环境的艰苦，造成这个地方的人重感情，少算计，意气用事，生活粗犷。另外，城镇的人口组成，不管哪一个民族，几乎都是外来移民，人们聚集在这里工作、生活，可是除了农牧区来的多数人，其他人或许迟早都要离开这个气候恶劣、环境艰苦的地方。所以，一批又一批的开拓者、成功者与失败者，大家都怀着一颗漂泊的心，梦想在这个地方获取到个人渴望的权力、金钱或一种难得的人生经历，然后便永远地同它告别。自然，这个地方还将经常光顾到任何一个离别者的美梦之中，但那已经是后话了。

我们到达阿里的时候，又赶上了一个休息日。和旺久师傅结清了车费，跟那个美国、日本老外道别之后，我们就打了一辆红色"夏利"出租车到政府招待所去。这时，我们才注意到，小城的两条主要大街上跑着许多出租车，全都是"夏利"。司机告诉我们，这里打的，上车就是五块，在城里跑，无论到什么地方都不再加钱。城镇也并非我来之前想象的那个样子。我想象这里的建筑都是铁皮屋顶的平房。可是，眼见到的却是大街两旁三五层的楼房。由此看来，阿里的确在近几年发生着巨大的变化。怪不得那么多的各色人等云集而来。

安顿好住宿，我们便带上换洗衣服和毛巾香皂到澡堂去。招待所没有热水供应，洗澡都要去临街的澡堂。我们去的是当地电信局的澡堂，据说那里水好，能把身体砸得生疼。那里的水也够热，是把柴油发电的冷却水引来洗澡。

这一洗，真是舒服，几乎都洗到骨头上了，身体也一下子松弛下来。我们洗完回到房间，居然谁也不觉得困倦，各自躺在床上很兴奋，如何都不能小睡一会儿。于是，我们决定到街上去走一走，然后再找个地方好好吃顿晚饭。

不足一个小时，整个城镇的东西南北就看完了。街道两边一家连一家的商铺、饭馆、发廊、歌舞厅、藏茶室、影像厅、建筑装潢材料铺、干洗店、军需用品商店、饮厅，也有一家大商场和小小的超市。除了邮电局门口的报刊亭，在镇子的中心地带就是没见到一家书店。这是一个比较典型的西部小城。因为新藏公路经过这里，所以饭馆多为穆斯林特色。我们随便进到一家新疆人的饭馆里，吃羊肉串和馕，喝了砖茶，还吃到了西瓜。晚饭以后，天色依然明亮，我们又到镇子南面的狮泉河边散步。这时候，风在不知不觉中减弱了，蓝天和彩云倒映在森格藏布急速流淌的波面上。河流对岸有两个藏族妇女弓着身子边走边唱，歌声如同在风中和流水间过滤一样，没有任何杂质，好似天籁般纯净。我们都听呆了，眼睛也许还不能习惯从水面上吹来的略带湿润的冷风，忽然生出了潮乎乎的东西。

"朴素是美的。"我说，"这个道理，现在讲简直是没有创见。可朴素为什么这么难做到？"

"你在指什么？"你问。

"我想到了戏剧和文学。为什么现在那些所谓的流行艺术，都那么装模作样？没有生活，没有情感，更没有人，只剩下一具形式的空壳，还要美其名曰：实验、先锋、探索，或者什么烂观念和烂行为，真他妈扯球蛋！那些伪艺术家就连最最起码的创作功底都不具备，却一味地搞革命搞创新，我不理解。这么说吧，搞文学的没有文字功夫，搞戏剧的编不出一句人话，搞音乐的写不出一段旋律，你们搞美术的画不出光，画不出好像从作品背面透射的光。在我们戏剧这一行里，像奥尼尔那样的创作高峰就不敢企及了，我们也没有像苏联阿尔布卓夫那样的剧作家，他的《老式喜剧》只有两个人物，一男一女两个老人的对话，表现出那么丰富的人生，那么朴实幽默的语言，绝了。"

"你是对的，我相信你是对的。"

"你讲我是对的，可是我对与不对有什么好？别人搞一下子就不得了，就名扬四海，其实不过是把人物都当成他手中的玩偶要弄，把剧院当成展现他自己个性的场所，频频制造新闻效应。"

"艺术都是相通的，我们美术也像你说的一样。"

"世界的确在进步，造假也在进步。社会生活中只有一样是明显长进的，那就是表演艺术。"

"你又开损。"

"我能损谁呀，我落伍了，都快变成一个新时期旧文人了，快归到我爸他们的那个行列里去了。"

"会好的，你有才华，有想法，我相信你会有成就。"

"难啊。朴素难，真实难。"我说，"你听这歌唱的，多好。"

"确实好。"

"如果我会记谱，把它抄下来。"

"就成了你爸了。"

"别笑话我爸。现在作曲子的，大多数人连他妈抄都不会。说不定深入到民间抄一抄还能成个大家。"

"现在不讲究大家。现在讲究大腕儿。"

"还有大款，就像你家的。"

"怎么这样说话。"你忽然显得不快，"以后别这样说，好吗？你这样说不好。咱们回去吧。"

我在心里自责，怎么会跟你说着说着就说到了你的家庭。我是不是太狭隘了？无的放矢。我内心里产生的痛苦，是不是有些莫名其妙？

我们往回走，谁也不多讲话，眼睛所看到的一切都在暮色的笼罩里。狮泉河南面广大滩地上的治理沙化工程已经搞了两三年，几台推土机在远处前前后后地移动着。城镇的歌舞厅开始了营业，大大小小的发电机在门外冲着大街嘎嘎嘎地狂笑。影像厅用厚重的黑布遮掩的小门里正在播放录像或光碟，扩音喇叭一只在里一只在外，满世界都是男人和女人的幸福呻吟，听着还真让我起情绪。我打算第二天即开始为下一步正式采访联系部门，如果一时无法下乡，我便利用下乡前的停留时间对这座城镇进行一番了解，比如歌舞厅，比如饮厅小姐，比如金银匠、鞋匠，比如本地干部、外来援藏干部，还有茶室、超市，等等。

多少天的奔波，初到一个地方的兴奋瞬间过去了，疲倦真正地向我们袭来。晚上，房间里有了电和自来水供应，你洗漱之后先睡下。我必须硬撑着，抓紧来电的时间，打起精神用电脑补写笔记和今后在城镇里的大致采访计划。夜里十二点，准时停电了，可是我的工作还是没有完成，只好问服务员多要两根蜡烛，改用纸笔继续写作。你睡眼蒙眬地醒来，对我说这么晚，明天再做吧，白天我发现你明显瘦了，脸色也不好，身体重要。我说，那都是跟你加班造成的。你翻个身说，好吧，那我以后就不跟你了。我说，好的，我马上就睡。吹熄蜡烛，我看到阿里的夜空群星灿烂。远山黑暗的影像犹如一个老者的叹息，又似乎新一天到来之前的静默等待。一颗流星几乎与大地平行着往远山划去，它的夺目红光一闪即逝。

18

前往扎达县的车子终于有了眉目，我们可以借此良机先去古格王国遗址参观，我也正好为日后到这个县所管辖的曲松和再往下的楚鲁松杰乡村做些了解。但是，就在出发前的早上，你和我之间发生了一件非常不愉快的事情，搞得我们几乎就此原地分手。

那天，我觉得你简直疯了。

这几日，我在镇子上的所有调查，都有你的陪同，甚至就连到饮厅里和那些远道而来谋生的小姐交谈，你也是坐在一边听着。当然，有你在也好，免得我跟小姐们周旋，她们能够一下子便对我产生好感和信任。可是负面影响也是存在的，因为有你在场，已经暴露出我可能是个前来从事调查的记者，所以许多东西又了解不到，仅仅是掌握了一些她们个人的曲折经历。城镇如此之小，再这样下去，我走到哪个角落人家都知道我是来做什么的，那怎么成！于是，白天跑政府和单位的时候，我们一同去。晚上的干部家访，我们也一同去。另一些特殊场所，如饮厅、茶室、影像厅，我便尽可能独自行动。所以，晚上的多数时间，你便一个人待在房间里看书，我在外面活动。事情就是如此自然而然地发生了。

因为第二天要去扎达，所以利用晚饭以后的时间到为我们安排车辆的领导家里坐一坐，也算是登门答谢。领导把我们送出门，回招待所的路上，我要再去那家歌舞厅会会一对从内地来的青年男女歌手。你问要不要和我一起去。我说你便算了，那里闹哄哄的，再者我们明天又要上路，你还是早一点休息。

你答应着，说："你去吧，不过要注意点，那女人看你的眼神儿可不一样。"

"这么着吧，你还是跟我一道去吧。"

"怎么啦，开开玩笑都不可以吗？"你推了我一把，"去吧去吧。"

我坐到歌舞厅里独自喝着啤酒。那对唱歌的男女已经和我认识了，他们利用各自节目的间歇分别陪我说话。于是，我知道了他们来自西安，曾经在北京海淀区的一家酒吧里唱过歌。他们在北京混得不怎么样，便到了新疆，又来到阿里。那个男的专业是吹排箫，他认为狮泉河这里没有自己发展的环境，这个地方谁人愿意听他的排箫！那个女的，人生得艳丽，不仅唱歌，还要穿上超短裙主持节目和游戏，蹦蹦跳跳的倒也惹人喜爱。在这个地方，她的人缘市场远远大于她的男友。简单说，女的在这里似乎找到了个人价值的认同，而男的则日日品尝着压抑和失落。我的到来，使他们非常高兴，他们将我视为同道。男的跟我越聊越投机，找来老板说自己今天晚上嗓子不好手也抽筋儿，不唱了，也不敲鼓了。然后，他抓住我，执意请我喝酒。他从裤兜里掏出一大把十元二十元的钞票，丢给服务员，叫她给我们抬一箱啤酒上来。不多一会儿，他便喝高了，问我想不想听听他为我演奏排箫。这时分，舞厅里正在高潮的热闹当中，我已经被吵闹得要窒息了，就对他说："太好了，我非常想听你的演奏，把他妈这些乌七八糟给盖过去。"

"你等着，我去拿家伙。假如不是你来，我恐怕在这里永远也没有机会演奏我的排箫。"

他的女友非常不情愿地报幕之后，我望着他摇摇晃晃地端着排箫登上舞台，声音洪亮地面对众多的舞男舞女："女士们，先生们，各位领导，各位来宾，其实我不会唱歌，也不是敲架子鼓的，我老婆才是唱歌的。我只会吹排箫……"

他的女友站在旁边拧了他胳膊一下，说："废什么话呀，你就赶紧吧！"

下面的观众一阵哄堂大笑。

他甩开女友，接着说："我要把我的音乐献给我北京来的兄弟，也献给在座诸位，希望大家喜欢。给我点掌声，好不好！"

在稀稀松松的掌声中，我大叫一声"好"，然后，他的排箫吹响了。优美，清新，婉转，深情。我都不相信自己此时此刻是坐在遥远的阿里的歌舞厅里。我的脑子里幻化出的都是浮雕的门柱和喷水池、碧绿的草坪和飞起落下的灰白鸽子。他一连劲地演奏了《绿袖》《山鹰》《卡萨布兰卡》和《索尔维格之歌》。人们在音乐里缓缓起舞。他下来后，我说："我看大家还是能够接受嘛。"

"搞两下子还可以，多了，他们就要起哄了，有一次还差点儿把我给揍一顿。"

我同情地看着他，我们相互敬酒，直到他彻底醉倒。

我是如何走出舞厅的，已经记不得了。我只记得自己被那个唱歌的女孩子叫起来的时候，舞厅里空荡荡的。然后，我就倒在了大门口。在倒下去的一刹那，我觉得周围漆黑一团。

"你们也真是的，喝得太多了，这是高原，会出危险的！"那女孩子搀扶着我往隔壁的招待所走，"你别听他跟你胡说八道。我还不了解他！早晚我会跟他吹！"

我的脑袋里一片冰凉。

"他没出息透了！"女孩子说。

"他是好人。"

"人好有什么用！"她说，"他要是能像你这样有事业就好了。"

"谢谢你。"我站住推开她，"我自己能走。谢谢你。你赶紧回去吧。"

"不行。你这样一个人走不行。"

"我没关系。回去吧。"

恰巧就在这个时候，前面亮起了一道手电，是你。

你在房间里左等右等，见这么晚了我还不回，就来找我。我听见你谢过了那个女孩子，便从她的手里将我接过去。

这一觉，我睡到了大天亮。起来后，我注意到你的脸上什么表情也没有，自顾默默地整理着行装。

"嘿，你在干吗？"我问，"你怎么了？"

问了两遍你都重复着低头、转身这些动作，就是不开口。

我摸不着头脑，有点急了，又问："嘿，你到底是怎么了？怎么不说话，身体不舒服？病了？"

"你才有病！"

"我怎么啦？你这是闹什么鬼呀。"

"你才是闹鬼！"

"嘿嘿，你究竟是怎么啦？咱别这样好不好？"

你突然直视着我，说："怎么了，你自己应该清楚！"

我莫名其妙地说："对不起，不清楚。"

"昨天晚上！"

我恍然大悟，笑着说："噢，你是说昨天晚上。我以后注意点儿，再不喝成那样了。可是，昨天我确实是接触到一些东西。"

"我是指你喝酒吗？"你说，"恐怕你昨天晚上接触到的还不只是东西吧。"

"你什么意思？"

"我看见那女的搀着你，你们俩还拉拉扯扯的。"

"嗨，我那不是醉了嘛。"

"怎么那男的不送你？"

"他先我醉了。"

我感到你突然发作般地嚷道："我就是受不了你那个样子！原来打发我回来，你是有目的的！"

"可是，我们之间什么都没有呀，你不能冤枉我！那女的不过

150

是好心送我一下，这又有什么！"

"你算了！我明明看见你们拉拉扯扯的。"

"你看见了什么？反正我什么也没做！"

"你是不是见了那些小丫头就走不动路？"

"相反！我见了小丫头就脚底生风！"

我说出的这句话算是真把你给气着了。你提起自己的行装就往门外走。我的火气一下子便涌到头上，顺手抓起桌上的一个茶杯朝地上砸去，大骂道："你他妈这不是跟老子找麻烦嘛！"

茶杯粉碎。你停住，转回身，见我眼里有泪，忙丢下行李扑上来抱住我。

"别，别，别这样。"你说，"别这样，好吗？"

那个时候，我别提有多难为情了。好歹我也是条走南闯北的汉子，居然在你面前伤心。我迅速掩饰住自己，说："你他妈要滚就滚！"

"我不走。"你依然抱着我不松手，"是我不好，行了吧？"

"你跟我瞎闹什么！"

"昨天那么晚你都不回来，我胡思乱想了好多，十分不愉快。后来又看见你和她那样。"你流着眼泪说。

"我和她哪样了？又没拥抱，又没亲嘴，又没抚摸。"

"可我见你们很亲近。"

我让你松开，说："好啦，赶紧收拾东西吧，吃了饭出发。"

"不，你要说，你会对我好吗？"你问，"我害怕你突然消失。我不喜欢一个人等你回来的那种感觉。你会对我好的，是吧？"

"那还用说。"

"我老了你也会？"

"当然。"

"不过，将来谁知道。"你擦擦眼泪。

"等你老了，我拿轮椅推着你。"

"你怎么就见得我能老成那样？"

"那你就推我。"

"谁知道是谁推你呢。"

"反正是我老婆推我。"

"你老婆能是我吗？"

"不是你，又是谁？"

"你自己应该最清楚！"

"我们这是在恋爱，你发现没有？"我抱住你。

停了一会儿，你说："昨天晚上我等你的时候，给一个好朋友打电话。后来手机没关，他的电话打过来，我和他吵都懒得吵。"

"后来呢？"

"还能怎样。这已经是家常便饭了。"

你不再说话，目光中又透出那种习惯的忧郁。其实，你我心里都明白彼此的苦恼，只是谁都回避着它。我们都还不敢设想日后回到北京将会是一种什么情形。虽然是快乐的旅途，但劳累和精神紧张的确也使我们偶尔烦躁，单是为了下乡办理边境通行证、联系车辆，就已经够让人麻烦了，而未来的不测更是困扰着我们。

19

去扎达，全程有二百七十公里左右。出狮泉河镇往南翻越白拉热巴黄沙山，涉水过噶尔河向西到阿伊拉山，它是冈底斯山脉的一条余脉。阿伊拉的意思就是奶奶。这道山脉怎么就被叫成了奶奶，我现在已经忘记了。只记得当时我们说自己小时候主要是奶奶带大的，所以我们便一同见到了奶奶山。

从奶奶山一路折向南方，经过了大片的草甸子，然后道路在土林地貌的深沟里一直下行，风渐渐变得柔软温暖，土林外面的河床上隐约显露出一块块小绿地，有孤立的老松和几近干涸的流水，那便是著名的朗钦藏布峡谷。朗钦藏布也叫象泉河。从我们的角度看过去，对面象泉河高高的南岸平坝被碧蓝天空上纷乱的白云覆盖着，隐现出红色的寺院建筑和泛着白光的佛塔。下午，我们过象泉河大桥，顺利到达了目的地。道路坎坷，幸好我们搭乘的是一辆地区政府的"三菱"吉普车，否则四五个小时工夫，我们绝对赶不到托林。

在县委招待所也叫古格宾馆住下以后，我们便抓紧时间去百米开外的托林寺参观。寺院古老，红色建筑的院子里没有什么游客，空落落的。我们必须抓紧时间活动，因为晚上还要跟县里的领导吃饭，我要预先了解今后将要下去的乡村情况。第二天上午，带车下来的干部在县委办事，车子要送我们到往返近四十公里的扎布让村游览古格遗址，当天中午过后我们就得返回狮泉河。一切都显得匆匆忙忙，人家就是这么安排的。这样好的条件，一般游客做梦也享受不到，虽然匆忙，我已经是非常知足了。

扎达县城托林镇的规模更小，主路只有一条，头尾长度也不足两里。我们到托林寺参观的时间已晚，那些大殿都上了锁。陪同的人去找管理人员打开，可是人家说他到谁家串门去了。我们因此同那些古老的壁画无缘。

阳光虽然西斜，却依然火热。我们都脱去了外套，身上就穿了件衬衣。托林的夏天还真是个夏天的样子。从寺院出来，陪同我们的人先回去了。我们便走二三十步远，绕到了寺院北墙外象泉河高高的岸上。地方寂静，只见到一个老太太手里摇动转经筒围绕着那座大白塔兜圈子。峡谷深广，岸壁陡峭，有无数的鹰、野鸽子和硕大的黑鸦上下盘旋，我们看到的是它们矫健的脊背。谷地中流水两边和中间的陆地上生长着茂密的杂草和矮树，有人在那里牧马。宽阔的峡谷被太阳照得嫩黄，崭新发亮，如同一件刚刚完成的油画作品，连那些马匹的毛发也闪动着细微光彩。辽远对岸的众多土林，那是我们经过的地方。天地如此广大，似乎有宏大的交响乐正在演奏，美得让人生出无奈。是不是德沃夏克的那首《自新大陆》？

"啊呀！不行不行，我要疯掉了！太美了！我现在就要画，就要拍照，必须拍照！"你高兴地跳跃着，不住地按动相机的快门，时而在本子上描画几笔。

我告诉你，托林就是飞翔的意思。

"我要飞，我就要飞，像鹰一样。"你张开双臂又做出个飞的样子。

对岸的土林就是众多淡黄色土山经雨水风雪冲雕出来，后又常年风化的杰作。它们一根根层叠整齐地排列，都立着身子，有头有脸，远看犹如巨人。它们仿佛身着铠甲，肃穆庄严，如万千兵俑。我怀疑它们就是那个早已神秘消亡的古格王国的战神和生灵。

你又在那边冲我叫着："喂！小孩儿，你听见吗？以后找不到我就来这里！"

逆光把你处理成了剪影。我笑着说："嘿！你真好看！"

"什么？你说什么哪？"

"你好看！"

"骗我！就会说好听的！"你说，"我怎么好看？"

"轮廓！"

"你也是！"

"我喜欢你！"我憋足劲说。

"我知道！我也喜欢你！"

"我爱你！"

你没有回应。但是，我能感觉到你的笑容。

20

晚上的接风让你感到无趣。大家都忙着相互劝酒和说些极其无聊的笑话，我也没有什么机会了解到有用的东西。于是，你吃好后便要先回招待所休息。人家请你再坐一坐，你推脱不开，就举起杯子敬大家，然后一口气干掉了半茶杯白酒。这样，人家才放你走。

吃过饭，我又和大家到一户小平房里的歌厅乱吼，我觉得这是在逢场作戏。最后，一位领导才带我到他的宿舍谈话。等我踏着月光回到招待所，时间已经非常地晚，电早已停了，一些窗口里闪动着荧荧的烛火。你告诉我，刚才有电的时候，你从电视里看到北京高温达到四十二度，可是这里，我们晚上出门还要穿皮衣。你我都还没有要睡下的意思，你说咱们要不要再到峡谷边上看一眼，我非常高兴你的这个想法。我们两个真是什么都合得来，什么都一样，做什么，吃什么，想什么，全都一样。

月光下的象泉河大峡谷，一丝风也没有，万籁俱寂。我们好像置身于远古的自然当中。

"这样的景色，画不出也照不出。"你说。

"如果拍照，只能用黑白来表现。"

"你的感觉很对。"

"你发现了吗？"我问。

"什么？"

"这里没有野狗。"

"就是。多安静。"

我们相拥着长时间接吻。你的脸被月光映亮着，像瓷一般细腻。

"我喜欢闻你的味儿。"我说。

"什么味儿？"

"香味儿。"

"瞎说，我又没有用香水。"

"那就是肉味儿。"

"去你的！"你说，"咱们回去吧。"

走回到街上，歌厅门外发电机的噪音，跟周围的景观很不协调。里面传出如狼似虎的军旅歌曲和玻璃刀一般的缠绵情歌。

躺在床上。你笑着，又想起这天我们刚住进招待所的事情。

所谓的古格宾馆，其实就是两栋普通的两三层楼房。我们到的时候，登记室那个藏族女服务员正在织毛衣，她数了半天针数还要重新数。我等不及了，提着行李说："我帮你数吧，你能不能先给我们开个房间？"

她头也不抬，语气汹汹地说："你等着吧！"

我说："我们这么站着累得很，要么明天我给你织条毛裤好不好？"

你和屋子里闲坐着聊天的人都笑了。那个女服务员也跟着笑。她放下手里的毛线活儿站起来，说："好吧，先给你们开房间去。"

你想起这个情形，说："你可是主动要给人家织条毛裤，你怎么这么贫嘴。"

"不贫成吗？出门在外的，全靠贫嘴才能混下来。"

"你说咱们的宾馆多有意思，冷热水都要自己下楼去提。"

"这条件已经很不错了。"

"我知道。"你说，"我只是觉得这样的条件还要叫宾馆，多好笑。"

"这才能体现出西部待开发地区人们的美好愿望。"

第二天一早，我们便到古格王国遗址去参观。我们乘车沿象泉河南岸一路盘旋向西，半个多小时就来到扎布让村。

不过，我们所见到高耸在山头的古格遗址，真不如早先在照片上看到的那么令人激动。我在想，许多从未到过北京的人，有朝一日来到了天安门广场，他们是不是也跟我们现在的感觉一样平常？你我都有这种感觉，真是还不如不来，那样便能够留下一个巨大的遗憾，往往遗憾的事情反而会引人遐想眷恋。美好的东西总是在那边，而不是在这里；生活在别处；距离就是美，说的都是这个意思。

你说："假如你和我在一起了，你对我就不会像现在这样了。"

"你是说，我们之间得来点自我折磨？"

"用不着自我折磨，本来折磨就存在。"

傍晚，我们回到了狮泉河。接下去的三四天，我们一直在寻找往普兰县或走南线到拉萨的方便车辆，否则我们便无法到达神山冈仁波齐。虽然我们议论过距离产生美的话题，但是西藏的这座神山不可不去，因为它是大自然的造化天工。

21

当时我借用仓央嘉措的情诗给你取名"娇娘"，你觉得这个名字好笑。你还问我诗里写的东山在什么地方。我说我不知道，也没有人知道。自从咱们到过塔尔青这个地方以后，我意识里的东山就不再是日常习惯方位的东向了，而是在西部遥远的西藏阿里地区。

那座冈底斯山脉的主峰，海拔高达六千六百五十六米，山顶终年积雪不化，我们都知道它的名字叫冈仁波齐。冈，在藏语里是"雪"，仁波齐是"神"或"佛"，所以冈仁波齐就是"雪神"，邻国印度人把这座山峰称作"开拉斯"，意思也是"雪神"。它是藏传佛教和西藏原始苯教的神山，也是南亚国家佛教、印度教和耆那教认同的世界的中央。

我们西藏人的宗教信仰中留存着大量的自然崇拜，认为包括冈仁波齐在内所有的神山上都居住着掌管冰雹和风雪的"念"神，而在众多的圣湖中则有美丽的龙女。"念"的脾气古怪、喜怒无常，他若高兴，草场丰茂、田地翠绿。他若没有得到人们的尊敬和爱戴，雹灾雪灾便一起来了。神都是有灵性的，西藏的神同人一样有属相。念青唐古拉山和它身边的圣湖纳木错属羊，喜马拉雅山的扎日神峰属猴子，冈仁波齐山和山下的圣湖玛旁雍错属马。冈仁波齐山的本命年是马年，所以如果在马年到冈仁波齐山和圣湖玛旁雍错去转经祈祷，作用会大于往年。

围绕着冈仁波齐坎坷崎岖的转经道上下转一圈，据说有六十公里左右，最快也要用去二十个小时，攀登的最高点大概海拔有六千米，寒气扎骨，风雪迷漫。所有的人如果能上下环绕着冈仁波齐峰转一圈，即可洗净自己终生的罪孽；转十圈，就会在五百年轮回中免受地狱之苦；每年从四月到十一月气候条件好的期间，若转上一百圈，便可以成佛升天。马年环绕冈仁波齐转一圈等于常年的十三圈。

我们的这一年，还不是马年。

几天后，我们终于寻到了一辆专程到冈仁波齐转经朝圣的"东风"卡车。

那天清早，天刚露出亮色，我们同十多个僧人坐在车顶上离开了狮泉河。我跟你说，也许你就此便跟这个地方告别了，因为冈仁波齐处于南线往拉萨的路途上，那个地方在夏季的过路车辆不少，我将尽量为你寻找安排车子，如果能遇上一台好车，两三天的工夫你便可以从那个地方返回拉萨。

驾驶台里坐着一个活佛和他的侍从。活佛非常慈善，他让那个侍从坐车顶，请你和我挤到驾驶台去，我们谢了他的好意，坚持和众僧人坐在车顶上。我们要借此机会，好好地看看阿里的广大风景。既然是去朝拜神山圣湖，这点苦头我们应该可以忍受。

道路破烂不堪，车子摇晃颠簸。风吹日晒，尘沙满面。有时候，我们看到远处的荒原上一道尘柱飞速旋转着直上云霄，那是龙卷风。就在我们凝神观望龙卷风的当头，目力所及的地方又出现了一长溜海市蜃楼，刹那间，我们熟悉的城市居民的五六层红砖楼房和两排绿树掩映的一条马路尽收眼底，那马路上还有小汽车赛跑。我们这还是第一次看见海市蜃楼。清晰的景象很快就变得朦胧了，然后一切都消散干净，只剩下风沙自舞，天籁自韵。车上的僧人们都看着我们好奇。可是，我们坐在车顶上被风吹得不便于交谈，况且他们汉语也听不大懂，我们只能用手势和微笑同他们简单交流。最初他们还将我们当成了日本人，居然用英语向我们询问。但我从他们对汉语的陌生，已经判断出他们来自某些乡下的小寺庙。

刚开始上路的时候，你感到有点晕车，不久便恢复过来，甚至被周围的风景激动着，不住地张望。

"Look! Look! That is Kangrinboqe!" 正在我被单调的景致搞得头脑昏昏的时候，一个年轻的僧人摇摇我的肩膀，摊开双手伸出去。

从中午开始，我们便在僧人的指点下，看到左前方巍峨耸立洁白夺目的冈仁波齐。这个年轻的僧人自开车以来，一直站在前面，他的绛红色袈裟裹在身上飘扬鼓荡得如同一面旗帜。

遥远的天空云絮纷乱。我们远望到的冈仁波齐雪峰正被数团白云笼罩着。僧人们用藏语、汉语和英语向我们介绍说，冈仁波齐还很远，还要走上两三个小时的路。如果我们到的时候，山上那些遮掩着的云能够散去，就说明我们这一车人是有福气的，都是善良的好人；如果云影在我们到达以后还不飘散，就非常晦气。他们说完，或站或坐，纷纷面朝冈仁波齐双手合十，嘴里不停地念出六字真言，虔诚地祈祷膜拜。

听了僧人的话，我心里还真有些不安的感觉。你好像在安慰我的样子，说："没关系，你别担心。仔细看，那些云是移动的。山顶的风肯定很大，过一会儿云肯定要散开的，不信你看吧。"

果然如你的判断。冈仁波齐雪峰上的云雾在我们到达之前就渐渐地散干净了，它的背后只有深蓝的天空衬托着。

我高兴地说："你还真神了。"

你不无得意地回答："我是谁！"

"好啦，在这个神灵居住的地方可是不能吹牛皮。"

"噢，对不起。"你说，"是大家的虔诚驱散了云雾。"

最终到达神山正面的时分，冈仁波齐显露出我们在摄影作品上熟悉的样子，白净的雪峰，形如桃子，除中间有一竖九横黑折，其他都泛着白光，真好像天上巨人的双手合十虔敬地为人间祈求。山上的一些积雪融化了流下来，便成了圣水，在山脚下形成了一道道清澈的小河。水中多白色的游鱼，任何车辆涉水经过也能轧死几条。为保护生灵，我们的车子停在水边，整车人都下去走在前面蹚水，尽可能地赶走游鱼，空车跟在后头开过去。我们在上车之前都捧起冰凉的圣水洗脸，并喝下几口。然后，模仿着僧人的动作，跪在湿润的草甸上，面对这座众山之神双手摊开向前伸去，以头触地。这时候的天地间飞舞着众多的白色水鸟，它们正在繁忙地叼鱼。水鸟叼来的鱼，自己来不及吃，便聪明地集中丢在水边的卵石滩上，所以，就引来了野狗，尽情享受着水鸟的恩赐。

车子又继续向前行进，最后停在了冈仁波齐山脚转经道下面一个场院样的招待所里，这就是"塔尔青宾馆"。

我们到达塔尔青这个地方的时候，万万没有料想会看见那么多的中外旅游者和印度香客。人们花花绿绿地云集在招待所里，不要说床位了，就连招待所停车场的空地都支满了帐篷。招待所西边那面平缓的山坡上，也支着数十顶帐篷，不过那些帐篷一律白色，我知道他们都是西藏本地或来自于青海的朝圣者。

既然住宿这般拥挤和艰难，我们倒不如趁着傍晚之前的明亮天光，住到圣湖玛旁雍错的岸边沙地上去。在冈仁波齐山下，向西南俯望，已经可以看见玛旁雍错闪现着的一小块蓝色。我们背起行装徒步走了将近三个小时，终于来到玛旁雍错。水光天色，碧蓝如一，湖泊似海，波涌似潮。远近水面上翔游着黄鸭白鸟。微风送爽，不知从什么地方吹来了湿润的草香，这真是一片少见的人间仙境。原来露宿到这里的人也不少，帐篷多姿多彩地支立着。为寻个安静的地方，我们转了半天，终于在贴近湖边一处山石坡地的后头安顿下来。

"这就是王母娘娘的瑶池。"我说，"我要到里面洗个澡。"

你说："不行吧，这水也太凉了。"

我脱去衣服裤子下水试了试，浑身上下冷得直打哆嗦，只好赶紧跑回岸边晒太阳。

"那边来人了，你快把衣服穿上。"你说。

刚才宁静的湖岸被一群印度男女香客扰动了。他们用带来的木料燃起一大堆篝火，然后双手合十又击掌，由一个高声吟唱的人率领着，各自口中念念有词地围绕篝火转圈祈祷。他们多彩的裙衣被风吹动起来，头巾飘逸，更增添几分神圣。他们转过几十圈，又纷纷站立跪拜圣湖，也向神山冈仁波齐朝拜。这时我们才发觉，距离远一些观望冈仁波齐，它才显得生动好看。我们同时发觉，冈仁波齐雪峰在夕阳的照耀下好像燃烧着的炭火。来之前，我从照片上的认识，误以为冈仁波齐如此通红的景观是在清晨日出的时候，现在明白了，神山最美的时间却是黄昏。

印度香客们做完复杂的朝拜仪式，都蹲在地上喧闹着互相分发食品。其中有两个人往我们这里走来，用右手触触我们的额头，为你我的脑门上点了红颜色，然后请我们伸出右手接受他们的食物，虔敬地教我们把这一小团一小团的红糖油面送进嘴里。我俩边吃边议论，觉得这东西真好吃，甜香甜香的，品尝过后一分析，其中杂有葡萄干和开心果，可惜他们只给了一点点，类似于西方宗教里的圣餐。

香客们散去以后，湖畔又恢复了固有的寂静。天色也暗着，有明亮的星斗开始闪烁。我们在帐篷里能够清楚地听到湖水的声响。

22

我们两个似乎特别喜欢在野外的帐篷里做爱。我还记得海明威的《丧钟为谁而鸣》里那对男女主人公也是在野外的睡袋里做爱，他们一同感受到了大地的震动。或许你我已经意识到分手的临近，我们之间的激情犹如越烧越旺的火焰，经久不息。

"怎么？还要？"你问。

"要，我就是要。"我说，"你不许动。"

"我要动，让我动。"你说，"我要让你知道我的好。"

"你好。"

"我要你想我，想死我。"

"我也要你想我。"

"当然。"你说，"我不能没有你。"

"我折磨你。"

"我必须让你折磨！快折磨我吧……"

大地在我们尽情的呻吟中一波一波震荡着，仿佛从地层的最深处传递上来。我们在那片刻的工夫里，共同听到了来自地层深处的风声、水声和零乱的人语，还有金属的敲击和碰撞。我们甚至听到一支庞大的乐队在演奏之前的乐器调试。然后，一切便戛然而止。

"我们什么都好。"你说。

"什么都合得来。"我说，"一会儿我还想要。"

"你真是不要命了。"你说，"我们都疯了。"

"你知道我现在最想什么？"我问。

"睡觉。"

"刚好相反。"我说，"我想穿上衣服到外面去站一站。"

"我要陪你去。"你说，"躺一下我们去，好吗？"

"好。"我拉开帐篷的门帘，"快看，月亮。"

一轮硕大金黄的月亮正从冈仁波齐峰顶升起。

"真好看。"你说，"我们是不是在童话的世界里？"

"你是我的童话。月亮就像你的脸。"

"我是你的娇娘。"

"对，你是我的娇娘。"我说，"仓央嘉措的东山在什么地方，我不知道。冈仁波齐就是我的东山。"

"小孩儿，你记住，以后要是找不到我了，就来这里。"

"这里那里的，我真不知道你究竟要我到哪里找你。"

"定了，就这里，找不到我，就来这里。"你说，"这是我最最喜欢的地方。"

我们穿好衣服钻出帐篷。冈仁波齐雪峰在星月的光辉里慈善温暖，远远的山坡上，白色帐篷里面透出摇曳的灯火，好像成百上千的灯笼摆放在地上，那些转山的人还没有入睡。

"这山是有生命的。"你说，"它见证了我们。"

"比任何见证都要珍贵。"

靠在我的怀里，你又说："你是好的，唯一的。"

这时，你眼睛里闪动着晶莹的泪光。我不明白你心里想到了什么事情。"爱我吧？"你扬起脸问我。

"我爱你。"我说。

"我想告诉你，我也是。"你终于说出来，"我非常爱你，会比你爱我要长久。"

"为什么要这样说？"

"我已经老了，小孩儿。"

"瞎说。"

"我就是老了。"

"我要娶你。"

你笑笑："是吗，你这么想？"

"我就是这么想。"

"要是现在不行呢？"

"那就等你老了。"

"我老的时候，你才不会要我。"

"要，只要是你活着我就要。"

"你真的这么想要我？"

"当然是真的。"

"我已经是你的了。"你说，"知道吗，小孩儿？你已经得到了我。"

月光这时正将广大的湖面和群山、荒原照得一派银亮。附近有几只野兔竖着长长的耳朵看我们，一只泛着红光的狐狸飞蹿过去，把它们驱散了。我们又进到帐篷里，商量第二天回到"塔尔青宾馆"那边，先联系往拉萨去的车辆，如果时间有两三天的充裕，我们便登上冈仁波齐转山。我们还打算着到冈仁波齐峰西侧的塔尔青大天葬台去。

天地的安谧使得时间也似乎凝固了。只有从月亮和星星的位置移动中，我们感受到自己的地球还在正常运转，而我的心却沉浸在莫名的忧虑里，我清楚地球每时每刻的运转都是不可重复的，过去了的就不再会真实地复现。我紧紧地搂着你，生怕你会在我的梦境中离开。

23

直到第二天清早，我们才发现南面巍峨高耸的纳木那尼峰。太阳的光芒正从冈仁波齐背面的什么地方照射出来，明亮的光焰使神山隐去了轮廓。周围的湖泊和大地依然沉睡在黑暗之中，可是那座海拔七千六百多米的纳木那尼峰顶却已经被阳光染得血红。因为整座山体被深沉的黑暗遮挡着，只有顶部放光，所以远远望去，它就好像由天外神秘地飞来的一块陆地或岛屿，并且它仿佛还在燃烧着，熠熠生辉。

从头天到现在，我们都没有喝上一口热水。草草吃了点巧克力，我们便抓紧时间上路，朝着冈仁波齐山脚走去。

荒原清晰起来，如同是放在显影液里的胶片，逐渐地露出了影像。众山也都变成了黄灿灿的金色。野驴、兔子、旱獭和藏羚羊四处奔跑，它们看到我们就站住了，一点惊慌的样子也没有。那些藏羚羊的屁股都露着明显的白色，背着我们奔跑的时候，就看见一些小白点在荒原上跳动。

"早上好！"你兴奋地冲着那些动物喊道，"早上好！"

动物们都站住看你，似乎是要听你还会对他们说些什么。

"你们为什么都不穿衣服呀？"你说，"瞧瞧你们，有多可笑。"

"你像那只兔子。"我指给你看。

"你，是你，你才像！"你说，"你和那只旱獭一样，憨憨的。"

"我憨吗？"

"你憨。"

"我觉得你才真憨。"

"我们都憨。"你说，"咱们现在多像在电影里，或者一幅画里。"

"可是电影和画里闻不到这种气息。"

"这种气息在什么地方都闻不到，只有这个地方才有。"

"它教人贪婪。"

"对，太准确了，就是贪婪。"你说，"还有沉醉。"

我们慢慢地走着说着，发现早起徒步上路的人还不止我们两个，荒原谷地上前后远远地晃动着人影，给我的感觉是大家乘坐了不同的宇航工具，一起登陆到了外星上面。

等我们走到"塔尔青宾馆"的时候，已经是上午十点钟的样子。转山的人和往来狮泉河与拉萨之间的过客纷纷离开了旅店，招待所同头天我们到来时相比，显得有些空荡荡的，至少那些支立在场院上的帐篷不见了。我们很容易就包到了一间屋子。

我们在房间里一边休息一边做打算。你依然想多待上两天好去转山，可是家里又急等着你回去。目前我们还联系不到去拉萨的车辆，估计起码要等到下午或晚上才可能联系上，因为那个时候过路的车辆正好住宿在这里。既然一时联系不到车，又不敢贸然转山，我们只好到距离近些的塔尔青大天葬台去。如果我们要去转山的话，非得两头抹黑地上路才行，以最快的速度转一圈也要用掉二十多个小时。在车子尚未联系到之前，我看你也没有心情去转山。其实，我们现在的情况已经不是要去什么地方经历什么，或者去什么地方参观什么，你我只是希望两个人不要这么快地分离开，我们总想着能够多在一起安静地待上哪怕一个小时，哪怕一分钟。意识已经告诉了我们分离的临近，但我们彼此之间都尽可能地回避着这个话题。

山风硬硬地刮着。在去往塔尔青天葬台的路上，你的双手一直挽住我，要么就是一只手紧紧地抓住，我能够感觉到你手心的冷汗。开始，我以为你冷，你说不是。我又以为你害怕，你说有我在你没什么好怕的。我们气喘吁吁地顺着乱石杂草间的小道向山上曲折爬行。我们都知道这是一条升天之路。道路两边用白色碎石垒着许许多多的小石堆，我告诉你这都是人在生前为自己或死者亡灵的将来预备的房子。

"你将来想不想也要一座?"我问。

"当然想要。"你说,"可是我不愿意自己孤零零的一个人住在里面。"

"那我们一起垒一座吧。"

"好,我们去捡最白的石头。"

"房子不要大,但一定要搭建得精致雅观。"我说。

"对,要让它像一座小小的圣堂,那里面放着我们的灵魂。"你说。

"里面是你的画和我的文字,它们已经变成了一种气氛。"

"讲得真好,我的小孩儿。"你说,"我们的气氛永远相融。你看,这样可以吗?"

"太美了。"我说,"这是我在世界上见过的最小最朴素精美的房子。"

"它很玲珑,是吗?"

"它真是非常玲珑。"我说,"玲珑得就像你的鼻子。"

你忽然凝视着我,说:"来,吻吻我。"

我吻你。我们长时间地接吻。头顶上盘旋出来十几只秃鹫,我想它们一定是看见我们,误以为来了送葬的人。

我们继续往山上走去。半个多小时以后,终于走到了一面开阔的山坡上。杂石间到处都可以看见死者的碎烂衣服和头发。我们感受到了浓烈的死亡气息。

天葬台就在这座小山的顶上。从这个地方可以非常清楚完整地看到冈仁波齐，并且由这个偏西的山麓角度仰望神峰，冈仁波齐更显高大威严，它生动得如同活了一般，好像它是可以呼吸的一个庞大生命，它是人间万能的主宰。

头顶正中的太阳将整个天葬台照耀得无比明亮圣洁，地上铺着的那些成片的经石板光润可鉴。这一日，天葬台奇异地安静，除了我们和一个超度亡灵的僧人正在打坐念经，就再也见不到一个人影。我上前去向那僧人问候，从他那里得知前一天这里送走了两个人，今天没有。

"在这里升天的人一定非常幸福。"你说。

"我也这么想。"

"你闻见了吗？这里有一股香气。"你说，"甜甜的。"

"是有香气。"我说，"也许是经常煨桑留下了烟子的味道。"

"我想人的灵魂也会有味道的。"你说，"好人的灵魂应该是香的，就像是玫瑰的花香。"

"你第一次来这样的地方，不害怕吗？"我问。

"害怕？我为什么会害怕？我喜欢这里，有一种凄美的情调。我们出生到人世的那个瞬间，要说也应该害怕的，因为陌生。可是，这里告诉我死亡并不陌生，那是去到另一个世界的必由之路，我为什么要害怕呢？我觉得很美好很圆满。"

"你超然了，已经连死都不怕了？"

"那要看怎么死。"你说，"寂寞，恐惧，空虚，孤独，留不下任何价值，我不是指物质，那才可怕。"

"所以我们要好好做事。"

"对，是要好好做事。"

"我需要你。"我不清楚自己还要对你说什么。

"我知道。"你说，"我知道的，达娃，我相信这是你的真心话。"

下山以后，我们便钻进那个巨大的经幡立柱丛里。你在那里面发现了一尊白玉雕刻的女人半身座像。这是一个非常漂亮身着纱丽的印度老太太。

你说："她的真身已经水葬了，或者是在恒河的岸边火葬了。终究她还是向往到塔尔青这个地方来升天，因为这里有我们东方的众山之神守护着她。你想听我讲吗？她出生在一户大贵族家庭，曾经到剑桥大学读书，她学的是英国文学，获得过硕士学位，然后回国，嫁给了一位从事法律工作的富商子弟。她弹一手好钢琴，画一手好画。她的一生没有任何坎坷波澜，子孙满堂，非常平静地度过了。对了，小时候，爸爸还带她去过诗人泰戈尔的家里，那个大胡子诗人给她削苹果吃。她被诗人家里的忧郁和明净熏染了，所以她一生都喜欢阅读唯美的文学作品。"

你即兴编造的故事把我打动了。我说："她这么漂亮，听了你的故事，我真想到她的青春时代去生活一番。"

"如果时光可以回转的话。"你说。

"不过，我看她什么地方和你有一点点像。你们的脸上都有慈善的表情，尤其嘴角，像个观音。你去过北海公园的团城吗？"

"去过。"

"那里就有一尊白玉的观音，据说是从缅甸来的，你和那尊玉佛有些神似。"

"我可没有那么美。"

"我觉得你美。"

"怎么个美法？"

"你讲的。"我说，"凄美，又不失明媚。"

你听过之后，抿起嘴轻微地笑笑，说："好啦，这个地方我喜欢，以后找不到我，来这儿！"

"别胡说。"

"为什么要胡说，本来就是！"

24

我们还一直为寻找往拉萨去的车子担心，若早知道会这么顺利，我们的担心真是大可不必。午后四五点钟，太阳才刚刚西斜不多久，招待所这里便热闹上了。往来于拉萨和狮泉河的大小车辆纷纷停留住宿。我找到阿里地区在这里的公安特派员，出示了自己的有关证明，请他无论如何在两三天的时间里协助联系一台顺路车辆，把你安全送回拉萨。但没有料想到，他这么快地为你联系到了一台武警的"三菱"吉普，而且第二天一早就从招待所出发。我们对他非常感激，并提出去看看车子，认识一下同车的人。公安特派员说，车子刚由普兰县城开出来，要天黑以后才能到，你们放心就是了。

晚上，公安特派员带我们去见见你明天车上的人。绿色的吉普车就停在招待所预留的两间屋子门口。与你同车的除司机外，有一位武警少校和他内地来的妻子，还有一名战士。后排座刚好能挤下你一个人。少校见了先就瞪大眼睛问："你们到底一个人走还是两个人？"我说就你一个人。少校放松地点点头，跟我们聊了几句之后，他说："没问题，一个人能挤下。你们是北京的，我家在石家庄，都是河北人，同乡嘛，在这么远的地方见到就是缘分。明天上路，快，三天一准到拉萨，放心。"

我们提出要给车子一点油钱。

少校说："算啦算啦，同乡就不必见外了，我这车空着也得跑。好啦，你们也早点休息吧。"

你觉得这位少校跟我们说话也好像对他的部下一样。我说这就是军官作派，你一路服从命令听指挥吧。

"还听指挥呢。我从一开始就听了你的指挥，现在你又把我给打发了。"

"这可是你自己要回去的。"我说。

"那我不回了，什么都不管了，跟上你走。"

"又想着私奔了。"

"就私奔！"你说，"可是我们能去哪里呢？"

"先去尼泊尔，要么印度，然后再说。"

"就像你给我讲的那个法国女人？"你说。

"你指的是耐尔吧。"我说，"怎么能和她比，人家是为了自己终身的事业，多年离家从事野外考察。"

"我羡慕那些敢于长期离开家庭的人，可是我做不到。"

我们在招待所外面走了一圈回到自己的房间里。你依偎着我，说："明天咱们就分手了，我要是想你可怎么办呀？又不能给你打电话。要不我把手机留给你？"

"今后要去的地方如果能用手机，我早就带上了，何必要留下你的。"

"那你到了城镇和拉萨可以用呀。"

"好了，我连多带一张纸的可能性都没有。"我说，"我还没有进入自己的重点区域。咱们这一段时间对于我来说，只能算是旅游，懂吗？"

你不说话。

"我也会想你的。"我说。

"才不会呢！"你眼睛湿着说，"你根本就不想我。"

"你看，咱们这是怎么了，搞得很像生离死别嘛。"

"不许你瞎说！"你说，"那你一定注意安全，早点回北京。"

"好的，小别胜新婚。"

"去你的！"你说，"回拉萨后你不是还要去看你妈妈吗？你应该和她多住几天。我现在有了孩子，才知道做母亲的感觉。"

我们说着话，开始动手整理行装。你把一切东西都要留给我。

"不行不行，再不能带了。"我尽可能地减少行装的重量。

"那你必须把这些巧克力带上！"

"我不要。"

"必须要！"你说，"否则你饿了又会头晕，脾气不好还会跟人家闹起来。"

"我怎么觉得你啰唆得跟我妈似的。"

"本来就比你大嘛。"

"也是，女大五似老母。"我说。

"恶心死了！"你捅我一拳。

"打人以后注意点，你手重。"

"就打你，怎么样！"你抱住我，说，"咱们早点睡吧……"

深夜，你翻动了一下，我便醒过来。你说："睡，睡。你怎么不睡了？你睡得太轻了，快，多睡睡。"

"你为什么不睡？"我问。

"别管我，你睡。"

"你在想心事。"

"没有。"你说。

后来我又醒了，借助着从窗子照进来的月光，看见你温润的脸庞。我抚摸你，吻你的脸。你仿佛依旧沉在梦中，用手回应着我。

"别闹，你一定要睡觉，听话。"你背对着我。

"我会想你的。"

"我知道。"

"我做梦都会想你的。"

"我知道。"你轻声说。

就在这个时候，我已经分明地意识到了我们之间的困境。我甚至开始怀疑，我们的情形或许仅仅是一次浪漫的旅程。再照这样发展下去又能怎样？是不是就此结束？把一切都限制在西藏这个特定的环境里？真正的分离是痛苦的，可是不分离，那将来的痛苦或许更大，这个道理我可能比你还要清楚，因为我们两个谁都不是那种烂人，我们经受不起偷偷摸摸的欺骗所带来的深深自责。我们之间的问题是谁也把控不住自己。我们彼此渴望着对方，但冷酷的现实和道德形成了强大的屏障，阻碍着我们的天性。作为一个怀着万分自信的人，我第一次有了气馁的欲望。我对未来十分盲目，并且认识到了勇敢也要有勇敢的条件。也许，这是命中注定，任何勇敢和坚定都不是吹出来的。的确，我们都是善良的人，也不乏相当的道德意识，但我们身体里怯懦的基因时时在发生作用，从好的一面去理解，这些怯懦的基因又恰恰是我们追求明亮、自然、健康生活的保障，人真是个麻烦的动物。和你躺在一起的时候，我知道你也不是没有想过你的家庭。这样的矛盾心情，其实从一开始便困扰着我们。我们处于矛盾当中左右摇摆，所有的激情同懊丧一并产生出来，只不过我们的天性使得我们学会了什么时候需要什么，又什么时候应该回避着什么。结束还是开始？告别还是求得新生？或者把结束同开始捆绑在一起？我们有那么高尚吗？我们的性情能够促使我们的行动吗？佛祖帮我，上帝帮我，莎士比亚帮我，你们谁也帮不了我。顺其自然吗？我们聊过不少顺其自然的话题了。可是，顺其自然似乎还不如妥协来得勇敢。要知道，任何妥协也需要勇气的支撑。

窗外朦胧地亮着。你又把头埋在我的怀里流泪。你说："我不愿意咱们就这么分手。"

我说："我也不愿意。"

"那你回北京前一定给我电话。"

"好的。"我说，"我给你电话。"

"一切都顺其自然，好吗？"你说。

"好，我也是这么想的。"

你上车以后很快地摇下窗子，强作出笑脸跟我道别，可是你眼睛却红红的，如同被冷风吹伤了一样。

车子启动了，往玛旁雍错那个方向驶去。我忽然意识到我们之间还忘记了什么。正在我茫然时分，你的车子似乎也在犹豫一般渐渐停住了。我赶紧跑过去，你也从窗子里探出头来叫着我。

"我忘了，把这个给你。"你下了车，从脖颈上取下那只细细的银链串住的翡翠珠子，"这是妈妈给我的，你戴上吧，记住，不许把它丢了。"

"我想你。"

"知道。"你眼睛红着，说，"你好好的，听到没有？我会一直陪着你。"

这个时候，太阳已经普照在广大的荒原上，我看见你的车子在山坡下越过溪流时溅起的晶亮水花，一溜烟地很快便融入到金光闪闪的空气里。我忽然觉得天地间仿佛变成了真空，窒息得真想大叫一声才舒服。我憋足了劲，终于喊叫出来，声音在山地中久久地回荡。

25

你走之后的几天里，我每时每刻都在看着地图计算你到什么地方了，你正在做什么，你是什么样子。有的时候想你想得出神儿了，还能真实地看见你朝我走来，或者房门开一道缝，露出了你的脸。你的那颗珠子紧紧地贴在我的胸口上。那些天，我绕着冈仁波齐转了一圈。天黑以后我还在山上的积雪中爬行，幸亏一座小寺庙里的僧人给我一碗热热的酥油茶喝，要么寒冷和疲劳简直能把我困死在山上，那时，我真后悔当初没听你的话，假如身上带着几颗巧克力就好了。不管怎么说，我转了一圈冈仁波齐，已经将自己终生的罪孽洗净了。深夜回到咱们在塔尔青招待所住的那个房间，一头便栽倒床上，在进入睡眠前的片刻时间里，我觉得身心无比轻松。

当我从普兰县城采访了中印与中尼边境贸易回到狮泉河镇，才跟你通上电话，那时你顺利到拉萨已经四天了，并且你就住在牦牛旅馆我曾经住过的那间屋子里。你没有按照我抄给你的电话跟我的朋友联系，自己预订了机票。你说："你要是明天给我电话，我就在北京了，那我会因为你的遥远而非常难受。"你又说："今天我还在西藏，住在你的房间里，我觉得你和我依然没有分开。"我给你的电话是打到你的手机上的，信号不清晰，总是有一股股风沙在你的话语间弥漫。我问："你听得清楚我说话吗？"你说听得非常清楚。你问："怎么你听不清吗？"我说我听得清。其实，你说的许多话，我都没有听到。

我整天在镇子上瞎转，还遇到了曾经跟我们同路的那两个老外。美国人坐在街边看过路的车马，日本大胡子在小饭铺里一顿吃下三大碗面条。歌舞厅里我认识的那一对男女已经分手了，男的打算回内地谋生，女的却跟了当地的一个小领导，也不唱歌了。时间不过几日，人世沧桑。又过去三天。我们通过电话之后我就出发了。在那个电话里，你还说北京让你感到非常陌生，你因为想我，心情特别难受。你非常想回来找我，觉得我遥远而亲切。我安慰你。可是你却说，在外面跑的人和在家的人感受不一样，你犹如被一只笼子关闭着，真不知道该如何排解内心的痛苦。天气又出奇地热，你打算带上孩子到国外去走一走。我问你要去什么地方。你说还没有想好，也许什么地方也不去。从电话中，我能感到你的心里非常混乱。你又问我计划什么时候返京。我说恐怕还要将近一个半月的样子。你说无论自己出不出国，一个半月以后你都会在北京等我，到时候你还要到机场来接我。

接下去的那些日子里，你都想象不到我经历了一番怎样的生活。我终于如愿以偿地随同扶贫队骑马翻越了西藏最西部卡兰格山脉海拔六千米的雪峰，马背上的时间整整用掉了四天，跋涉无数冰冷的激流，才进入一个偏远乡村。沿途的山谷草地间，随处可见头一年雪灾冻死的牲畜骨架。

在那个边境乡村里，我做了半个多月的户访调查，在社会、人口、教育、卫生、民俗、服饰、边贸、宗教等方面收获极大，但我浑身上下也都长满了跳蚤。许多非凡经历都让我有一种恍如隔世的感觉。我的鼻孔里流着血，屁股长时间在马背上颠簸出血。风餐露宿，困乏得连帐篷都支不起来，便干脆躺倒在地，天亮以后发现自己被霜雪覆盖了。有时候在马背上打盹儿，差一点就要栽到万丈悬崖下的激流里。还有一次，人和马都陷进了泥石流，险些变成千万年后的人体化石。村子里的生活清苦，没有肉吃，只有糌粑和家酿的烈性土酒。最好的饭菜就是丢到灶灰里烤熟的藏小麦饼子和熬得稀烂发黑的青菜。可是这个地方的音乐歌舞却很有特色，犹如旧西藏时期的宫廷音乐，曲调舞姿节拍舒缓悠长。村民家家户户都有自制的拨弦琴。清亮的歌声在欢乐或寂寞的时候，随时随地都可以唱出来。

为了按计划返回拉萨和北京，扶贫队继续留在那里，我却要单独跟上一支当地乡民的牦牛驮队出山。你不是特别喜欢法国和其他国家联合摄制的电影《喜马拉雅》吗？你应该能够想象出，我就是那部电影里牦牛驮队中的一个人物。

从狮泉河返回拉萨，我走的还是老路，都是咱们共同经过的地方，你的面容时时出现在我的眼前。这一回，我依然搭乘着大卡车，用七天工夫便到了拉萨。然后，我又去妈妈那里。妈妈说我又黑又胖，其实我并没有胖，而是脸上略微出现了浮肿。

这些日子，妈妈似乎也有了许多改变，她答应我将来到北京医治眼病，并且还答应每隔两三年到北京待一段时间。我不清楚她的变化由何而来，是不是看到她的儿子已经成熟，相互之间有了真正的母子认同，减弱了她对北京的陌生感？

在妈妈那里住下十多天，把笔记整理出个大概，我便打算着回北京了。有什么话，咱们见面再说吧。我真恨不得闭上眼睛，然后睁开的时候你就站在我的面前，我还想亲亲你的脸。

我在拉萨依然住在那个牦牛旅馆。你的房间里住着一个年轻女人，她的身材像你，可是长相同你相差甚远。我原来的房间里住着两个广东游客。你让我注意留言板上的字条。我想你又是开我的玩笑，让我再用同样的方法去结识一个和你一样的女人。我给你打完电话，不经意地站在留言板前看了看，结果发现在你曾经贴过字条的位置上，有一张陈旧的纸片，上面写着：

　　小孩儿，高兴吧？想你！祝你愉快顺利！多给我电话。

娇娘

第三部

1

当初，我借用仓央嘉措的诗歌给她取名"娇娘"，她觉得这个名字好笑。她还问我诗里写的东山在什么地方。我说我不知道，也没有人知道。自从我们到过塔尔青那个地方以后，我意识里的东山就不再是日常习惯方位的东向了，而是在西部遥远的西藏阿里地区。

那座冈底斯山脉的主峰，海拔六千六百五十六米，山顶终年积雪不化，我们都知道它的名字叫冈仁波齐。冈，在藏语里是"雪"，仁波齐是"神"或"佛"，所以冈仁波齐就是"雪神"。

围绕着冈仁波齐坎坷崎岖的转经道上下一圈，有六十公里左右，我用去了二十个小时，攀登的最高点大概海拔也在六千米，寒气扎骨，风雪迷漫。据说一个人如果能上下环绕着冈仁波齐峰转一圈，即可洗净自己终生的罪孽；转十圈，就会在五百年轮回中免受地狱之苦；每年从四月到十一月气候条件好的期间，若转上一百圈，便可以成佛升天。马年环绕冈仁波齐转一圈等于常年的十三圈。

这一年虽然不到马年，娇娘还是羡慕我居然转下一圈洗清了自

185

己终生的罪孽。假如我在第二年去冈仁波齐转山，我这一圈就超过了常年的十圈。娇娘笑着说，如果马年转十圈，你就可以成佛了，我还得向你祈祷。

2

拉萨至北京的 4401 号航班在下午升空。金色的阳光把贡嘎机场所在的雅砻谷地和雅鲁藏布江两边的大山照得鲜黄。在飞机爬升的过程中，我俯瞰众山，有的苍翠，也有的被流沙覆盖。在大山褶皱平缓开阔的下部，稀稀松松地散落着星罗棋布的土黄色村庄，目力可以看见平房屋顶飘荡着的细小经幡。那里隐藏着什么样的生活呢？几天前我还在那些村落中转悠，而现在突然与它们产生了隔膜。用掉大约两个月时间，在西藏的西部地区转了一圈，其结果致使自己对拉萨感到陌生，对一切具有现代色彩的事物都感到陌生，对妈妈生活的小村子反倒有了些亲切的认同。我出生在西藏，身上流淌着一半藏族的血液，也许自己天生就是一个藏人。即将回到的北京，也已经开始在心里变得更为陌生了。我当然渴望见到娇娘，可是莫名的惆怅突然朝自己袭来。妈妈在做什么？她看得见我的飞机吗？她若看不见，那她听得到飞机的轰鸣吗？妈妈的那个尼姑朋友阿尼啦在做什么？是不是她正在同妈妈一起喝下午茶？她的小经堂里始终弥漫着一股淡淡的香气，明黄的室内和房门开启露出的碧蓝天色相互映衬。在那一瞬间，我想到了音乐和戏剧都是空间同时间结合的艺术，也是最为贴近人生的艺术，即情感同理智的最佳统一。阿尼啦给我耐心地讲解传统的西藏地图就是一个侧卧的人体，哪里是头，哪里是四肢，哪里又是人的五脏六腑。阿尼啦也主张妈妈隔段时间到北京住住，显然她从妈妈那里知道我家的许多事情。她要我相信缘分，多做善事。她甚至还嘱咐我心里要始终装着民族的自豪与自尊，在艺术创作的时候，多关心民族地区的历史同现实。我觉得这个慈悲老人的认识水平还是很高的。

我背向着太阳一直往东方飞翔，从明亮的高空降落到成都双流机场的时候，天色已经渐晚。阵阵热浪朝我扑来，几乎让我窒息过去。等我再次升空，大地已是沉入到黑暗之中。总共飞行了四个多小时，北京以她万紫千红的灯火迎接了我这个游子的归来。

当我提着简单的行装走向出站口的时候，发现许多接站人的目光都一起朝我扫过来，仿佛我已经站到了舞台上，可是下一个动作或台词却还没有想好，这种状态简直叫我慌得不知所措。

"嘿，达娃！"起初我不清楚娇娘在什么地方，只听见了她的声音，"在这儿哪！"

我挤出接站张望的人群，冲她笑着招招手。我看见娇娘红色的长裙在闪动，然后她扑向我。

"你的样子出现在这里真怪，成个地道的西部牛仔了。"她说。

"你漂亮得好像刚洗过澡。来，让我好好抱一下。"我说，"让跳蚤蹦到你身上。"

"真的吗，你还有跳蚤？"

"吓你的。"我说，"不过真正的牛仔身上恐怕都有跳蚤。"

大厅里不少人在看我们。娇娘说:"饿了吧? 走,我先带你去吃好吃的。你想吃什么?"

"飞机上吃过了。我现在好像有点低山反应,胸闷,什么也不想吃。"

"对对,你飞了半天了。"她说,"好吧,那就直接到我那里。"

"你家?"

"就算是吧。我自己在望京小区有一套房子,离学校近些,有时候晚上在城里活动晚了就住一住。"

"你这真像是劫持。"

"就劫持,怎么样,哼!"她扬着一副明媚的面孔,说,"难道你不想我吗?"

"想死了。"

"我知道你想。要是愿意,我那里非常安静,虽然不大,但什么都有,你可以在那里住着写你的东西。"

"看来你是把什么都给安排好了。"

"那当然。"她又说,"我是谁!"

"你是娇娘。"

她高兴地挽住我,说:"我就是要对你好,就是要管你,什么都得管!"

"咱们打车走。"

"不用,我开了车来。"

"嚯,我怎么一下子觉得自己是到了外地?"我说,"北京还是热。"

"已经凉快多了，你不知道十多天前还有三十六度呢。"

娇娘领我到停车场的收费出口。她说："你就在这里等着，我把车开过来。"

很快，娇娘的车子就开过来了，是一辆透着玲珑的彩色小车。她下车打开后备厢，说："来，快把你的脏行李放后头。"

安置好行李，我们上车。我坐在她的旁边，问："你这是辆什么车？"

"赛欧。"

我说："怎么这么花里胡哨，真够热烈的。"

"花吗？这是车绘。"

"我知道车绘。谁设计的？"

"谁设计？那还有谁，我自己呗。本来我不是计划要带孩子出去玩玩嘛，后来一想哪里都热，就算了。开学前后那些天又闲着没事，就自己设计画着玩儿。你知道吗，光画它我一个人整整用了两天工夫。"

"那你的车绘也要有个名字？"

"当然有了。我想叫它神山。你觉得怎么样？我要你想一个名字。"

我说："神山？不错。你还记得冈仁波齐。"

"永远都忘不了。"车子这时已经过了机场高速路收费站，娇娘说，"我最喜欢那里了，不是跟你说过嘛。"

"是，假如找不到你，我就去冈仁波齐。"

"对，就去冈仁波齐。"她做出坚定的样子。

"不过，叫神山似乎欠妥当。"我说。

"你好好想一个。"

"东山？也不对。"我琢磨着，"干脆，就叫它热烈的娇娘吧。对，就是热烈的娇娘！"

"好啊，好！"她说，"我喜欢。"

娇娘车开得非常熟练，不多一会儿就驶下高速路，进到城里。

已经离开三个多月的北京似乎又有了变化，可是我一时还看不出那些细小的变化都体现在什么地方，也许是我的视力错觉，毕竟我刚从西部地区回来，眼睛还不能马上适应都市崭新的灯彩。

车子停好后，我们都压抑不住自己的激情，疯狂地坐在车里接吻。然后，我们相拥着乘电梯上楼。房门一打开，我们又抱在一起接吻，谁也控制不住那种相会的彼此渴望。

娇娘的这个地方是在一栋高层住宅的顶层。房间的门厅非常大，于是隔出三分之一用作卧室，另一间屋子是书房，宽大的案板上堆着许多美术书刊和她的作画工具。所有的布置和装饰都可以看出主人追求高雅的品味同细心。我还发现自己的一本小说集放在床头柜上。

"你这是哪里搞来的？"我拿起自己的书问。

"书店里买的呀。"她说，"我还看了一场你的戏呢。"

"戏比小说好。我还是要用心于戏剧。小说对于我并不重要，没事瞎写着玩儿。"

"可我觉得它们都好，你有才气。"

"你真的这么认为？"

"当然。"娇娘走来走去收拾着东西，说，"快，先冲澡换个衣服吧。"

"我哪里有什么衣服可换，长了跳蚤，到拉萨就都给扔了。"

"我早就想到了。"她从衣柜里拿出一沓 T 恤和短裤长裤，"给你，都是给你的，一会儿换上试试，我不知道裤腰是不是合适。卫生间里还有一次性刮胡刀，快去洗洗，把胡子刮掉。"

"你可真行。"

"我说了，就是要管你。"她吻我。

"你可真会对人好。"我说。

"那别人可不一定会像你这么认为。"

"对不起，你的手机我能借用一下吗？"我想到要给父亲先去个电话报平安。

"我这里有座机电话呀，你随便用吧，就在画室里。"娇娘忽然显出一丝慌张的样子。

我拿着无绳电话在房间和门厅里走动，娇娘有意回避着我。能听出父亲在电话那边因为我的归来非常惊喜。他问我什么时候回家。我说明天先休息一下办点事情，后天我回去之前还会给他打电话。父亲说，那就不用再打电话了，说好后天晚上回去。其实我完全可以第二天就回家看看，可是妈妈告诉我的父亲的往事越来越频繁地在我的心头萦绕着，当我听到父亲声音的时候，原本已经准备好和他的会面又变得措手不及了，我还要给自己多留下一点宽裕的时间再适应适应。电话挂断后，娇娘故作不经意地问："再打吧，你是不是还要给谁一个电话？"

我拿着电话看她，想想说："没有了。"

照娇娘的话说，我们简直要疯掉了。我们都搞不清楚对方的身体里到底蕴藏着多少激情。后来，我感到饿了，娇娘就到厨房去煮速冻水饺，她也跟着我吃下很多。我们还喝了一些葡萄酒。

第二天，我们整日待在房间。娇娘的冰箱里储备了大量食物，几乎够我们享用一个星期的。我觉得我们的所在是一个封闭的城堡，我们可以无拘无束地躲在里面尽情欢爱，以致忘记了白天和晚上，忘记了窗外还有另一个世界的存在。

后来的许多日子，娇娘和我都是这么如胶似漆地在一起生活。除了周末她要陪孩子，我们每个星期总有两三天共处的时间。自然我们也有各自心里黯然的时候，那就是她或我回避着对方接听了某个电话，但我们谁也不打探对方什么，似乎谁都不愿意触动那一根敏感的神经。

3

父亲见到我的时候显得异常兴奋，他说我这回跑过的地方，连他在西藏那么多年都没有去过。他一边吃饭一边不停地向我询问所到之处的情况。我一时觉得自己是在向一位平易近人的领导汇报工作，于是便滔滔不绝地对他大讲特讲自己沿途的经历，有些地方也不乏添油加醋、文学描绘，反正让他听得直犯晕。但就在我们谈得天花乱坠的时候，我忽然意识到，儿子毕竟算计不过老子。父亲对我所讲的一切的确也发生着兴趣，可是他的兴趣表现得也有造作成分。最后，静了片刻，他问："你妈妈怎么样？"在父亲问出这句话之后，我想，开始了。他一直就在担心着什么，他真正感兴趣的恰恰就是想从我的表情和话语中进行一番试探。

饭后，他坐到客厅里的沙发上小心地问："阿妈跟你还说了什么吗？"

刹那间我都不敢直视他的眼睛，说："阿妈说过一点，您原来的事情。"

父亲掩饰着站起来，并且长叹一声，什么话也不讲地在客厅里踱来踱去。

"阿妈说的都是真的？"我问。

父亲沉默着，最后说："我就预感到这次你阿妈可能要对你讲什么。当然啦，不讲恐怕也是不可能的，什么事情都躲不过去，也没有必要躲什么。其实，每个人的一生都不长，可就是在这不长的一生中，却会面临种种遭遇，刻骨铭心。有一些事情真就是刻骨铭心。"

他的话越说越有些语无伦次。我尽力听着，什么声音也不出，希望能从他的话语间得到更多的信息。可是，接下来父亲更多的是讲他跟阿妈的事情，讲他们之间虽然性格习惯有些不能相融，但他们的感情却还是深厚的。他也为妈妈答应来京治病和小住而高兴，好像这是我为他完成的一件无比重要的任务。话题显然已经被他巧妙地岔开了。我还能再多说什么呢？我想这样的事情，还是不必多问，一切都要由他主动讲出来为好，因为我已经发现，父亲最害怕我的沉默，我越是沉默，他便越有说话的欲望。我在心里做了打算，就这么沉默下去，一个字也不问他，迟早他是会向我说明的。所以，我站起身，说："爸，时间不早了，先回去了，我刚回来，手头还有许多事情要做。"

他见我要走，眼睛里透出失望的神态，无可奈何地说："时间并不晚嘛。那，那好吧。你哪天回来？"

我冷冷地说："再打电话吧。"

父亲似乎还要跟我说什么，话到嘴边又缩回去了。

从父亲那里出来，我走在路上给娇娘通了个电话，说今天我想住到剧院去。娇娘问为什么，我说不为什么，很想安静一下。娇娘担心地又问我是不是在父亲那里有什么事情。我说没什么事情，老爷子守口如瓶，暂时什么也不愿意说。娇娘听过说，那好吧，你什么时候想过来都可以，反正钥匙已经给你了，如果你想一个人安静做事，我就回家去住。我说没那么严重，我回去也是为了拣几本要用的书带到你那里。而实际情况并非如此简单，我的脑子经过了这一天的经历，的确显得有些混乱。

上午娇娘有课，一早便赶去了学校。我晚一步出门，先回剧院。将那些行装安放好以后，到领导那里报到。剧院的夏季演出已经进入尾声，接着将到上海、广州、深圳等地巡回，在香港、澳门地区和新加坡还各有两个专场演出。现在，剧院要为新年和春节期间的演出做准备，但这都是常规性的。我不在的时候，开过一次全院的动员大会，头等大事就是第二年夏天北京的戏剧节演出季已经确定下来，同时要为后年的"院庆"做准备，力争端出几台好戏。涉及我的任务，首先就是要为第二年的演出季准备小剧场新剧目，时间安排最晚不能拖过"五一"拿出剧本。我问题材上有什么要求，领导这回真是变得痛快了，只要是正面的东西，从题材到形式我想怎么整都行，当然还是希望我拿出看家的本领，使出吃奶的力气，尽可能地以新颖的面貌贴近都市、贴近青年。我的表态非常积极，赢得了领导的极大欢心，说我若需要什么条件，有什么困难尽可以向院里提出，并且向我透露，院里正在考虑在什么地方买十几套房子，这回一定要为我争取。

本来我这天的状态应该是好的，因为西藏之行的沿途笔记已经做完了，剩下来的写作无非就是整理加工而已。要写的剧本早就怀在心里，元旦和春节期间便可以拿出初稿，一切都胸有成竹。可是，我从院领导的办公室出来就接到女友打来的电话，尤其晚上见到父亲，使自己的心情陡然一落千丈。

"我回来了。"我在电话里跟女友说。

女友冷冷地回答："知道。"

她这么说，我被吓了一跳，问："你怎么知道的？"

"别管我怎么知道的。"她愤愤地说，"我觉得你这个人挺没劲的！"

"我怎么啦，这不是跟你说回来了吗？"

"你回不回来关我屁事！"女友说完便把电话挂断了。

我呆呆地坐着想了想，她怎么就知道我已经回来了？我因为一时的慌张，脑子有些发偏，思路拐到了别的方面。尽快地修正过来后，想到刚才进大门和老李头寒暄的时候，他说我那女友这些日子晚上有演出，她就经常白天给传达室来电话，问见我回来了没有。

我想情况一定是这样的，她刚才一定又是给老李头来过电话，而老李头一定照实说我刚刚回来。那么，凭女友的脑子，她早就知道我从拉萨返京要坐飞机，哪里有拉萨飞北京的航班上午到达的？我的罪过便是，在西藏有条件的时候没有跟她联系，回到北京后也没有及时主动地和她联系。这些该如何向她解释呢？我明显已经陷入到小小的尴尬局面里了。此时此刻，我的心思就是想要逃离的感觉，脑子里幻化出的全是西藏的山山水水和娇娘的形象。

　　我抽着烟定了定神，决意给女友挂个电话。我已经似乎对她不起了，还有什么好说的？我准备她问什么，便说什么，只是没有必要把娇娘和盘托出，因为那毕竟是我和娇娘两个人之间的隐情。当然，我也不准备用心地编造谎言蒙蔽女友，因为我的日常工作就是编造，人生在我习惯的视角里已经充满了戏剧因素，再也不愿意为现实生活添加过多的设计。

　　电话接通以后，女友说："你等着，我就过去。"

　　很快，女友赶到我的住处。她见到我，脸上沉郁着，一声不吭。

　　"怎么啦？"我问。

　　女友静静地坐了半天。最后，她说："一会儿咱们出去，最后一次单独吃饭。"

　　"你什么意思？"我问。

　　"什么意思你不懂吗？"她说，"你还不至于智商低到把别人都当傻瓜吧。"

　　"你这是什么话？"

　　"什么话？"她说，"我只问你，到底什么时间回来的？"

"前天晚上。"

"可老李头说你今天早上才回的剧院。"

"没错。"我说。

"昨天我戏散了还来过你这里。"

"我这两天都没回宿舍。"

"那住哪儿了？"她盯着我问。

"一个朋友那里。"我说，"在西藏认识的一个朋友。"

女友点点头，说："不是我敏感，你说的朋友是个女的，对不对？"

我一时语塞，不知如何是好。

"行了，你也不用回答我。"她眼睛里忍着委屈的泪水，说，"我就猜到一定是这样。"

"我很抱歉。"

"没什么可抱歉的。"她强作笑脸说，"我们不是有约在先吗？假如我有了别的人，也一样，这总比那些已经结了婚的夫妇要好吧。"

"没想到你这么通情达理。"

"也说不上什么通情达理。"女友说，"只能说也许我心里早就有准备，或者有一种潜意识。"

"那也不至于以后连单独吃个饭都不可以了。"

"以后的事情以后再说吧。"她说，"不过，我想那个女人恐怕魅力非同寻常。"

女友站起身朝我走近，说："我在你眼里不至于就这么轻吧。"

"你这是说哪儿的话。"

"你的变化也太大了。"她说，"这么久没见，就没想过我？"

我不说话。女友似乎被我的沉默刺激着，一下子便坐到我身上，然后她把裙子掀起来，说："你真的就不想我？"

"别这样，我受不了。"我挡住她。

"我能让你受不了？为什么我不是她？"她抓住我。

"对不起，我真的不行。"我说，"咱们去吃饭吧。"

"吃屎去吧！"女友狠狠地推了我的脑袋一下，转身奔跑出去。

我跟这位女友的时间应该说在所接触的人里算长的，如此这般意想不到的分手，这般迅速果决的散席，在我和她的心里要说没有引起一点震动，没有一丝伤感，是不可能的。但事已至此，结束便结束了。如果没有娇娘的出现，我和女友会是怎样呢？也许我们两个会进入到真正的恋爱阶段，也许将来会成为夫妻？当然，女友跟我也许仅仅只是朋友，日后各自还是要有自己的生活。她对我这回的不满，按她的说法，是我做得不够明朗，对她躲躲闪闪。我在西藏的时候，她时常盼望着我的电话，可是后来我却一个电话也没给她，特别是回来前后一点消息都没有。她说她早就感觉到什么了。

走在夜晚的大街上，北京的确如我回来之前的想象，让我感到陌生和窒息。要不是有娇娘在这个地方，我现在的情形真是糟糕透顶。女友在这天离开时候的表现也让我感到不安，总觉得事情大概不会这么轻巧地结束，再者我们毕竟又是一个圈子里的人，抬头不见低头见，今后我们将如何面对？知道我们事情的人会怎样看待我们？这一切都令人烦心。我想尽快清理一下自己的脑子。除了手头的工作，我心里放不下的就是娇娘和那个曾经臆想中的姐姐。而我跟娇娘的将来又会怎样发展呢？

等我回到剧院的时候，我在小剧场上演的戏剧正在散场。我穿过人群往里面自己的宿舍走，有一个年轻女观众指着我对她的男朋友说话。我冲他们点头笑笑。他们已经注意到我就是说明书上的那个编剧。剧组的一个哥们儿站在门口叫我，非要拉上我和他们几个去吃夜宵。我说刚回来有点累，改天吧。

直到现在，我才认真地扫视了一圈自己的房间，它一如我走前的样子，可是它的主人却经历了那么一些事情。我很想脱离眼下这种状态，但总不能跟自己的房间对话吧。于是，我又给娇娘电话，带上几本推荐给娇娘看的沈从文的书，赶往她那里。

4

我关于西藏的写作开始了，进展得非常顺利。如果没有娇娘的帮助，我的工作不会在那么短的时间里见到成效。至少从拉萨往阿里路途上的内容，扎达县的内容和冈仁波齐塔尔青天葬台的内容，都有她的回忆补充。特别是我那些宝贵的照片，其中不少也是娇娘拍摄的。为了让我集中精力写作，她负责一趟又一趟地到中国图片社去帮我冲印制作图片，并且还为我做了十幅西藏风情版画。写作虽然是顺利的，但人在创作过程中毕竟是要承受着一些精神压力，所以性情就难免急躁，有时候也会为一点点小事过于认真。就拿冲

199

洗图片来说吧，我为了看效果，也是个人的偏爱，喜欢无光纸扩印，而娇娘却以将来电脑扫描制作为由，坚持用光面纸洗印，为此我们争执起来。最后，娇娘非常委屈，为了让我满意，她只好用无光纸再次扩印所有的图片，直到我满意为止。她说："别忘了，我可是帮你的，你还对我这么不好。"她这话好像提醒了我什么。

我说："对不起，我的好娇娘，以后我再不这样了，行吗？"

"这是你惯用的撒娇伎俩。"她说，"你打算怎么向我表示赔礼？"

"请你撮饭。"

"吃什么？"

"那还有什么，川菜呀。"我说。

"太好了。"她说，"咱们怎么什么都像，吃也能吃到一起，咱们就是近，对吧？"

"那是。"我说，"要不你怎么是我姐呢。"

"噢，你又想让我当你姐了？恶心！"

"这有什么恶心的。"

"也是。那好，咱们拜吧，不是说过好多回要拜吗？现在就拜。"

"拜了以后我们还能这样吗？"我问。

"那你说呢？"她紧盯着我说，"那不成乱伦了！好了，别瞎闹吧，你自己不是有姐姐吗？你应该想办法找一找。"

"一点线索都没有，找什么找。"

"线索可以从你爸爸那里得到。"

"他什么都不说，我也没必要主动问。"

"别急，我想早晚会有眉目的。"

"等等看吧。"我说。

写作间隙，我只有偶尔几次同京城的朋友聚会，大多数时间还是跟娇娘在一起，以致朋友们都看出了什么，说我从来也没有因为写东西而这么疏离过大家，到底是怎么了？他们一猜便猜到了女人方面，问我是不是被妖精缠上身，连脑子都变得迟钝了，沉默寡言的，真他妈没劲。而我又能向他们说什么呢？说自己恋爱了？说撞上了天仙？说我陷进去了？他们的嘲笑可想而知。我什么都不想说。他们爱怎么看就怎么看吧，反正谁的生活都是自己的，与别人有何相干！我照旧住在娇娘那里，好像躲避着现实繁杂的生活，只要我们两个人好就行了。

我和娇娘一同吃饭、购物。我们有时还一起去游泳、听歌剧、看美术展览、逛书店。我写作的时候，她在卧室里看书或者光盘，要么就一个人上街到商场去。学校里有课的日子，她整天都不在家。一到黄昏，我便开始忧郁起来，什么都做不下去，只好站在窗前凝望着灰蒙蒙的城市，听风声打在窗子上的微妙动静。我心里渐渐生出了慌张，觉得前方无比渺茫，甚至渺茫得远远超过了西藏无人区。我依恋这个女人，但十分清楚我的这般状态也真够异常的，简直到了让自己的任性无限滋生的地步，一切都显出不可救药的样子。我还是我吗？我当然是我，可怎么会落在这样的局面里？我究竟想要得到什么？我的情感为什么会如此地无法自控？那种毁灭的感受果然被我真实地抓住，恐怕是这辈子也挥之不去了。

西藏这本书的写作，我只用了一个半月，打算再花一个星期的时间进行修改，然后便可以向出版社交稿。

天气很快凉下来。几场冷雨过去后，寒风在都市的楼群间潮水般滚动，发出如狼似虎的吼叫。我的心情并没有因为工作告一段落而轻松下来，和娇娘这样的关系一日比一日让我烦恼。我甚至觉得，我们就像两个大傻瓜遇在了一起。

5

一天下午，我到父亲那里去。正当他跟我东拉西扯的时候，我的厌烦情绪忽然从心里冒出来。我不得不打断他："爸，我想问问您。"

他非常敏感又尴尬地说："你，要问什么？"

"你跟我阿妈之前的事情。"我看着他。

他避开我的注视，半天不讲话。

"也许这些事情我不该知道。"我说，"但您曾经还有过一个女儿对吧？"

他依然沉默着，突然狂躁地嚷道："你妈妈简直发神经了！"

我轻蔑地笑了笑，说："您发什么火。"

"我不是发火。"他双手颤抖着说，"翻出那些往事有什么用！"

我语气调侃地说："有用，当然有用，我总可以把它当成写作素材吧。"

"你，你浑蛋！"他暴怒着，"出去，你给我出去！"

我静静地坐了片刻，站起来说："对不起。"然后饭也不打算吃，转身走出去。

傍晚，娇娘见我回到她那里一脸的阴沉，问："你这是怎么了？"

"没什么。"我闷着说。

"不对，你肯定有事。"她摸一下我的头，说，"告诉我，到底什么事，告诉我，没关系的。"

我说："真没事。"

"肯定有事，你必须告诉我。"

我对她讲了自己在父亲那里不愉快的经过。娇娘听后劝慰说："是你不好，哪能这么问老人，并且连你自己都没有耐心，这怎么行，你简直是个孩子。"

"那你说该怎么办？"

"过段时间你打个电话给你爸，道个歉，再说点温柔的话。"

"那结果会怎样呢？"

"你想要什么结果？"

"我想知道事情的真实原委。"

"对，你是要知道，而且迟早也会知道，但不能操之过急。"娇娘说，"好啦，别生气了，我请你出去吃饭好不好？你说去哪里吧。"

她开上那辆"热情的娇娘"，我们老远地赶到"沸腾鱼乡"去吃饭。据说，这是京城一家专门经营四川水煮鱼的餐馆，生意火爆，如果赶在吃饭的钟点去，很可能没有座位。我们到的时候已经八点多了，所以不用拿号等座。很快，一大盆水煮鱼就端上了桌。

娇娘吃得非常高兴，眉飞色舞地说："这里真好！我要来，我还要来！记住啊，你以后找不到我，就来这里！"

"又是一处找你的地方。"我说，"要找你的地方太多了，你是不是定个准地方？"

　　"要是定一个地方，那还是冈仁波齐吧。我想那里了，想疯了。"

　　"早晚你也许会把那地方忘了。"

　　"开玩笑。怎么会！"她说，"谁忘谁是小狗！"

　　"你开车，就少喝点酒。"我提醒她。

　　"啊呀，这是啤酒，算什么呀！"

　　"我发现，你是不能吃却能喝。"

　　"吃也能！我可吃得不少。"她为我的碗里夹鱼，"你得多吃，必须吃！多吃点，心情就好。"

　　"见到你，我的心情就已经好了。"

　　"是吗？是真的吗？"她问，"为什么，小孩儿？"

　　"你好。"

　　"我也会不好的。"

　　"你不会的，我知道。"

　　"觉得我好吧，我确实好。"娇娘得意地一笑。

　　"我在想什么时候把你娶到手。"

　　她不说话了。我问："你听到没有？"

　　"当然听到了。"

　　"那怎么不回答？"

　　"吃饭，小孩儿！"她说，"那要看我们的缘分到不到。"

　　"哪怕等你到八十岁。"

　　"我不相信这样的话，那时候我都老成什么样子了。"

"估计你是个漂亮的小老太太。"

"肯定老得没法看了。"

"看还是能看的。"

"别说了，我知道往下你又会说什么。"她说，"我就是觉得你说什么都跟玩笑一样。"

"这就是我自己的方式，其实不是玩笑。"

"可让人听着像玩笑。"

"我爱你，绝不是玩笑。"

"这我相信。"

近一段时间，我已经略微感觉到娇娘对我的态度有了一些变化。究竟她的变化体现在哪些方面，我还说不清楚。总之是有变化的，比如她总叫我"小孩儿"。她原来当然也这么叫，但感觉不一样。另外，她回家的次数也比往常多了，经常是将我一个人搁在她的住处。我知道她丈夫早已回来，可是她并没有跟我说过，是我先问了，她才说的。我们之间的交流也不像过去那么滔滔不绝，她时而显露出的呆板，让我发现了她内心里的激烈矛盾和痛苦，但在她的表面，却是一直遮掩着的。我们也有那样的时候，都像是并非认真地商量分手的问题，结果又是毫无结果。至少有一点被我们两个同时感到了，那便是我们之间的关系不知从哪一天开始，出现了玩笑的因素，不如当初我们在西藏的时候那么单纯了。所以，我们更多的谈话内容还是涉及曾经在西藏那段美好的时光，我们每每回忆那些难忘的日子，并且还要回忆出哪件事情发生在哪一天、上午还是下午、几点钟、当时的环境和天气。我真不清楚自己和娇娘是否能够维持下去。

西藏的书稿完成以后，我马上就进入到戏剧创作当中。

6

连续两天大雪，真正的冬季来了。天气预报说，这是北方地区多年不遇的入冬第一场大雪，对越冬作物的生长和缓解旱情大有益处。站在娇娘住处的窗前往外看，整个城市都在一片白雾迷漫之中。街上的车辆小心翼翼地缓慢移动。积雪在地上、房屋顶上和树枝上落着，有黑有白，这个城市其实就是一幅黑白照片，我不知道还能从什么地方发现其他生动的颜色。当时，我心里想到，居然有人建议把北京市的房屋都涂成灰色。提出如此建议的如若不是色盲便一定是些坏人。北京已经够灰了，它需要赤橙黄绿青蓝紫，需要活泼，需要生命。我似乎一下子便找到了原因，每到阴天雨雪，我在北京就会感到胸闷忧郁。

这些日子，我的写作已经暂告一段落，主要用心于构思剧本。因为要同剧院的几个年轻导演、美工、灯光和演员探讨需要解决的问题，所以在娇娘那里住过一个多月，写完了西藏的那本书，我基本就不去住了，还是市中心自己的宿舍住着更方便。娇娘也来我这里会过两次面，但我都是设法回避着传达室的老李头和别人。

确实不记得那种玩笑成分是在什么时候注入到我们的关系里。也说不清从哪一天哪一刻开始了这样的无聊话题。更忘了两个人之间是由谁开的头。大概记得，那是娇娘跟我在"沸腾鱼乡"吃完水煮鱼之后，我们又到工人体育场北门的"哈瓦那"酒吧去。那家酒吧在我刚回到北京的时候，娇娘和我晚上去过几回，我们曾坐在"哈瓦那"门外露天的秋凉里，尽情享受着都市格调，漫不经心地观望那些摩登青年，满耳充斥着热情浪漫的拉丁舞曲和零乱的歌声，白天写作的疲劳就在这样轻松的氛围当中消失了。冬天的酒吧，除去圣诞节、新年和春节之前的几天，其他时间的生意同夏季比就要显得清淡，室外冰天雪地或寒风刺骨，室内也就在周末还有些人气。以往我同娇娘都还能接受"哈瓦那"室内激烈的音乐和扭腰甩臀的舞蹈，但是那天我们两个一同感到周围环境的嘈杂，都觉得音乐过于吵闹，于是我们只喝点可乐便打算换地方。这样，我们就到了街对面巷子深处的"甲55"和"幸福花园"酒吧。

"幸福花园"这家酒吧我们也来过多次，它的特点就是安静，一般没什么人，里面永远都散发着一种陈旧忧郁的气息，似乎可以把客人带到半个世纪前的时光里。我们照老规矩，娇娘叫了她的金汤力，我喝乱七八糟的啤酒，无所谓固定牌子，有时也来上两杯龙舌兰或茴香酒。事情便在这样的场景气氛中自然而然地发生了。

好像娇娘先说："刚才那里闹，现在这里又这么安静，安静得我都有点困了。"

"昨天没休息好吗？"我问，"怎么最近情绪不高了？"

"也许是没休息好。"她看着我说。

我笑了笑。她也笑笑。我要说话，她打断我："笑什么，小孩儿？肯定在想什么歪点子。"

"想你昨天是不是加班了。"我说的"加班"专指跟别人睡觉。

"去！狗！"她说，"狗才加班！"

"猫！"我说。

"蚊子！"

"蟑螂！"

"对，蟑螂！臭虫！苍蝇！"

"蛆！从屎堆里爬出来的蛆！"

"猪！猪加班了！"

我们说着一同笑起来。笑完了，娇娘突然盯住我，说："你！你加班了！"

"为什么是我？我先问你。"我说。

"不不，我就问你！你是不是加班了？老实告诉我。"

"我能跟谁？"

"你难道不能跟谁吗？"她逼问着，"说，你加班了。你就是加班了，我知道！"

"你说这些完全没有道理。你自己加了就是加了，凭什么说我。"

"不行！你加班了！从你眼睛里就能看出来。"

她突然伏到桌子上，把脸埋进臂弯里。我从娇娘颤动的肩膀发现她在哭。我想安慰她，可又不知如何是好。

"怎么了？你这是怎么了？怎么突然就这个样子？"

她扭着肩膀躲闪着我，就那么伏在桌子上有半个小时，突然抬起头说："对不起，我要回去了。"

"回哪儿？"

"别管我回哪儿。"她站起来说，"你走你的。"

"不行，你这样子开车，我不放心。"

娇娘走到她的车子旁边，先给我把车门打开了。她的这个举动一下子就让我松了口气。

那天，我们回到她的地方。恐怕我此生永远都不会忘记那一夜激情同苦涩掺杂着的感觉，很像一出经典悲剧的高潮。

娇娘在最后断断续续地叫道："我们这是怎么了……这是怎么了……你疯了……我们亲近死了……"

不能不承认娇娘那天对我的反问，算她猜中了。

我那个女友因为经常会在圈子的活动上见到，日子过去了一段时间，她对我的愤怒便有些淡化。她有事无事地到我们剧院来串，见我经常在剧院里晃，天天躲在自己的房间里，就同过去一样随便地找我。而我对她也没有什么厌恶。同娇娘感觉上的疏离，同她情感与利害一时无法分开的生活带给我们的疲劳，致使我跟女友之间似乎有重归旧好的意思，一夜情最终还是糊里糊涂地发生了。如此一来，我同娇娘时而的相互玩笑，我就真正地变得被动了。但我对她始终都隐瞒着这个事情。心里的滋味当然很苦，娇娘是我最看重的女人，我对她是认真的，可我的虚伪又让我深深愧疚。至于她那一面，我都可以理解，说到底，她是个女人，有家有孩子，就连我自己都不敢去设想她和那些固有的东西分离，其结果会是什么样子。

娇娘已经非常矛盾了。这个女人懂得世间的一切，可又不愿意看穿看透。她内心纯洁，平常总说看透了这看透了那，其实她就是不乐意欺骗，不乐意欺骗自己，更不乐意去欺骗别人，因为她太需要自我的完美了，她太需要尊敬。她绝对不能忍受的，便是设想中别人会认为她玩世不恭。她的本性从没有拒绝过真实，而她所要的真实，又必须以虚假为代价，她接受不了这样一种现状。我们共同都怀有创伤的欲望，却又想尽量避免创伤对自己的伤害。我们的热情就在这样的矛盾中时时被冷漠所覆盖。见不到娇娘的时候，我非常想她，但每一次相见，自己确实也有勉强的感觉。她也想见我，可是却要压抑着主动。所以，逐渐的，我和娇娘的往来虽然没有断开，但的确是比一个月以前要少了许多，我们之间的默契已经远远不如在西藏的那些共处的日子。

7

我的思绪时常在工作间隙飘移到西藏那个地方，而只有西藏那个地方，才是我和娇娘相聚的乐园。我们似乎因为在那片遥远的荒原偷食了禁果，上天才将我们驱逐到这座冰冷的城市里，让我们饱尝各自内心无助的煎熬。我们见面时的话语越来越少，娇娘跟我的谈话，更多的是安慰的口气。我因为工作上的什么事情发牢骚，她便安慰我；我又因为什么事情而高兴，她附和着我。好像她总是处在个人的心思里，我仅仅是她生命中的一个点缀，她内心的丰富生活完全同我不发生关系。

在这样的状态之下，我同女友的关系始终若即若离，有一搭没一搭的。娇娘的影子每分每秒地在我的脑子里晃动，以致我们真正见面的时候，她倒变得不那么真实了。

"看什么？"娇娘问，"你干吗总这样看我？"

"我在你的脸上找你。"

她淡淡笑着："人不是在这里嘛，你还找什么。"

"我想靠靠你。"

"来，靠吧。"她抱住我的头，"这样你觉得舒服是吗？"

"对。"

"你为什么总喜欢靠我？"

"因为你柔和。"

"真是奇怪的想法。"

"我想。"

"想什么？"她问，"痛快点，想什么就说出来。"

"开开玩笑啊，你别生气。"我试探着说，"我想你是……"

"好啦，别说了，我知道你要什么。"她打断我的话，"你就是希望我是你那个姐姐。"

"我没有这个意思。"

"你就是这个意思。"她说，"所以我们之间的关系太古怪了。"

"我也觉得古怪，可是我需要你。"

"我知道你需要我。"她说，"而我和你在一起怎么这样放松？你知道我内心是比较封闭的，可跟你说的话也是我一生中说得最多最认真的。就连对自己父母不可能讲的话，我都跟你说了。我有一种感觉，就是觉得你和我确实很亲近。"

"我们像一家人。"

"对，就是一家人。"她说，"好吧，那以后我就是你姐，直到你找到了你的亲姐姐为止。"

"那我们还能和过去那样在一起吗？"

"你说呢？"

"我们还是要在一起。"

"那不一切都乱套了？"

"我要的是你。"

"你矛盾。"她说，"你非常矛盾。"

"生活原本就是矛盾构成的。"

"可是，如果一个人的自我矛盾太大了，也会毁掉他自己的生活，也就是平常说的不健康。"

"不健康是谁造成的？"我说，"任何人都不知道像我这般写了那么多健康作品的人，自己的心理却并不健康。"

"所以你的艺术还没有达到极致。"她说。

"我同意你这样的认识。"我说，"以后，我要真正地做到向自己贴近。"

"你会的，我相信你能做到。"她说，"其实，我现在才从你身上认识到了男人的另一面真实。"

"你讲的真实究竟是什么？"我问。

"一个适合的女人便可以使一种男人的真实焕发出来。"她接着说，"男人其实都是孩子，或者说世界上的男人只有两类，一种自以为不是孩子，另一种终究无法脱离自己的孩子心态。"

"结果怎样？"我感兴趣地问。

"结果，自以为不是孩子的人理性，但无才；外表深沉，内心虚弱；他们讲规则重严谨，喜欢外表上做样子，容易获得一般的成功。另一类男人，浪漫、热情、亲切，富有创造力，但做事容易走极端，自信与自卑、宽容与狭隘并存，他们一味地凭着梦想勇猛向前，可到头来成功便是极大的成功，失败就是惨败。"

"有点道理。"我说，"那你更认同哪一类人？"

"我认同这两类多少结合的人。"

"有吗？"

"不知道。"

"如果单方面呢？"我问。

"我只知道多数女人认同外表很像个男人的人，但那种人我见多了。如果排除一切实际因素，我恐怕更认同有梦的人，不管男人还是女人，他们的一生都处在成长的过程里，直到离开这个世界。"

"你就是个有梦的女人。"我说，"你眼睛里有，脸上也有。"

"脸上会有梦吗？"

"细腻就是梦。"我说。

她笑着摸摸我的脸，说："那就亲亲你的梦吧。"

我亲她，吻她。我们又沉醉在爱里。

我始终觉得娇娘是我长久梦想的化身，而我在她的眼里也具有着一种亲情意义。我们给各自家人或外人的印象，虽然时常表现出冷漠，但在冷漠的外壳里包裹着的却是对人与人之间建立起亲情的渴望。我们之所以必须包裹着一层冷漠的外壳，是因为家庭遭际带给我们的怀疑大于相信，更是缘自我们过于敏感的心理。

8

我听从娇娘的建议，在两个多星期以后给父亲挂了个电话，并且在电话里向他表达了歉意。电话那头，父亲好像觉得这个电话来得很突然，一时还无法应对。

他沉默着，最后问："你最近忙吧？"

我感觉父亲的这句话里包含了许多东西。我说："还行。"

他又静了静，说："好吧。你什么时候可以回来？"

我没有马上回答他的问题。他接着说："这样吧，你明天什么时间在宿舍？我想去你那里看看。"

我说："上午在。"

"好的，那么我在十点钟到你那里。"说完就把电话挂了。

第二天上午十点钟，父亲来我住的地方看我。自从家里搬出住到剧院宿舍，父亲这是第二次来我这里。

父亲敲门非常轻，那声音里好像夹带着迟疑。我为他打开门，他进屋以后站着巡视，最后把目光落在桌面摊开的书籍上。

"你脱了大衣坐吧。"我说，"我给你倒水。"

"不急，不急。"父亲拿起一本书，问，"西藏的东西你进行得怎样了？"

"刚修改完，已经交出去了，正在送审阶段。"

"好，好，我等着看。"

"你还是脱了衣服坐吧。"我又说。

"好的，我坐。"他脱去大衣。

"今天外面冷吧？"我问。

"还好，不很冷。"他说。

我忽然觉得今天父亲的出现不同寻常。他显得陌生、客气、紧张。我给他递上一杯茶，他却伸出双手接着，然后就捧在手里一直吹气，眉头因为就近着茶杯的热气而紧锁着。我半靠在床上看他，问："爸，你今天找我有事？"

他如梦初醒的样子从茶杯上抬起头来，说："噢，也没什么事情。"

我等着他往下说什么，可是他接着便打住了，然后慢慢把手中的茶杯放到书桌上，一只手在桌面上抚摸灰尘，再用手指捏动感觉着灰尘的细小颗粒。时间一下子便显出了漫长，仿佛空气也凝固了一般。我简直不知道应该怎样来打破这样可怕的宁静。

最后，我问："爸，你有话要说是吧？"

父亲看我一眼，这是他进门后第一次正眼看我。"那天，我不对。"他艰难地说。

"没什么。"我说，"真的没什么。"

"不是。"他说，"你当然也不会了解我的心情。"

"我想我多少应该能了解。"

"对。"他似乎没有听见我的话，自顾着说下去，"还记得你小时候吗？"

"什么？"因为他没有继续说，我只好问。

215

"你小时候有一次做梦，说你梦见了……梦见了姐姐。"父亲说到这里，突然喷出一声哭泣，赶紧从裤兜里掏出一条手绢来堵住了自己的嘴。

我见父亲这么激动，一下子从床上翻下来，走到他面前安慰着："爸，别这样，你先喝口水。"

他摆摆手，说："你坐，你去坐。"

我站了站，重又坐回到床上。

他片刻的冷静过后，说："那个梦，你还记得吧？"

"记得。"我说，"那是一次午睡醒来的事情。"

"我当时就没有骗你。其实，我没骗你，你确实有个姐姐。"他又一次泣不成声了，非常冤屈地说，"可是到现在，我都没有见过她呀。"

这时候，我也被父亲感染着，泪水不住地流下来。一刹那，我脑子里都是娇娘的影子。我真想远离这个抑郁的场面，立刻跑到娇娘的身边去，只有她才能够给我安慰。

接下来，父亲所讲的同我从妈妈那里听到的没有多少差别。关键是我知道父亲寻找他女儿的详细经过，并且还知道了那个阿姨的姓名。

"四人帮"下台后，父亲开始了寻找女儿的计划。要说线索还是有的。首先，那个阿姨被押送回杭州之前，因为跟我父亲的婚姻，她的户口和工作刚好往西藏办理正式调动，所以涉及她后来的"平反"，是由杭州的公安和教育部门做出的。父亲到杭州以后，找到有关部门询问情况，并且查看了一些卷宗，这才清楚了当时的情况。

那个阿姨的父母的确也是畏罪自杀，但公安从她家中得到了一本她大学时期的日记，按照当时她个人的家庭背景，结合她日记里一些今天看并不构成什么政治问题的内容，她被定性为"反革命"，回到杭州就被关入了监狱。在尚未判刑的时候，监狱里的看管人员发现她已经有孕在身，于是对她还做了些特殊照顾。但她为了不使自己的孩子生下来，用过许多办法折磨自己，甚至长时间绝食，直至监狱方面提醒她绝食的行为就是与人民为敌的对抗行为，她才停止了自我折磨。很快，她便面临生产。据说她临产的时候大出血，医院里的两派伙同院外的两派势力正在激烈武斗。那个阿姨就在战争般的危急时刻生下了一个女婴。她自己的生命在那个女婴刚刚降生下来后，就痛苦地结束了。父亲说，他也无法想象当时医院里乱到了一种什么情形。他只是在那家医院里听说，当时着了大火，婴儿室里还有几个孤儿，许多医生、护士和职工，还有外面冲进来的群众，都为避免这些婴儿的混乱和受伤做了许多抢救工作。因为一些病理档案的损坏和遗失，现在已经无法查证到那个阿姨在这家医院的生产情况，唯有公安局的材料可以证明她就是在这家医院里因难产大出血死去的。

父亲说："我前一次婚姻，现在想起真如梦境一样。其实，我老早就和你阿妈商量过要不要告诉你，因为在西藏，我们两个单位的人都知道这些往事，我们担心你不定什么时候从别人那里知道，会对你影响不好。这次你妈妈告诉你，她事先没有跟我说过，所以我觉得有些突然。你妈妈是个非常善良的人。虽然我们之间有一点日常生活的不和谐，但当初如果没有你妈妈的照顾，我也许早就完了。

她曾经也非常关心我的女儿是否能找回来，她总是说那孩子真是太可怜了。"

我听着，说："爸，我想过段时间到杭州去。"

"你还要去找？"

"对，我一定要自己去试试。"

"没有希望的。"父亲说出这句话的时候，我才发现他整个人显得那么苍老。

"爸，就让我去一下吧。"

父亲眼睛空洞无神地望着我点点头。那天，我注意到父亲的表情始终都是忏悔的样子。可是，我却知道他也搞不清楚自己的忏悔从何处来往何处去。他需要忏悔什么？他应当对谁忏悔？他的痛苦只有独自深埋到心底，否则一旦释放出来，连他自己都觉得仿佛对别人做了一件残忍的事情。

9

娇娘和我的关系出现着间歇的平淡，我们都觉得照这样下去一定会因为无聊而造成情感的危险。我们开始从两个人的小城堡里走出来，有时会与双方各自的好友一同聚会，但麻烦和不便也随之而来。这就等于公开了我们的非正常关系，在朋友们中间所引起的看法也是各不相同。大多数人视而不见，无心管我们的闲事；也有的朋友完全出于好心，对她对我都有肯定和否定的劝说。所有这些，都使得两个人之间原本就已经波澜起伏的情感，更增添了动荡不安。娇娘和我商量，我们谁都不再参加对方朋友的聚会，我们要在一起便只两个人，好像我们的关系注定了就是封闭的见不得人的，永远也不能生活到阳光的照耀里。这样的情形，确实给我们带来了巨大的苦恼，因为我们两人性格都有着共同的特点，那便是拒绝阴暗和隐藏。我们愿意同大家分享自己的快乐，但现实又往往和人们的心愿相互违背。

　　记得那是圣诞节的第三天，娇娘同我又见面了。圣诞节的晚上，我们并没有在一起。娇娘和她的两个女友先到东交民巷的圣弥尔顿天主堂看弥撒。她们听完了唱诗班的《平安夜》就从教堂里出来，赶到一群朋友的酒会上去。那一夜，我在同她离得很近的一个朋友家里饮酒狂欢。后来，娇娘和我都醉倒在各自的聚会场所，以致我们见面的时候，脑袋还因为前天晚上的醉酒和熬夜显得有点沉重。

　　我和娇娘头好几天就约定在东四十条立交桥旁边的"吴越人家"餐馆见面，吃过晚饭以后，再到保利剧院去看俄罗斯的芭蕾舞表演。我们要看的演出是朋友给的赠票。"吴越人家"是个淮扬菜馆，我们除了喜欢川菜，再就是淮扬菜。我们选择餐馆吃饭，总是这样的两种菜系相互轮换。其实，那天我们的见面是非常愉快的。我先到了餐馆喝茶等她。娇娘准时到达。我们欣喜地相视半天，似乎许久没有见面的亲人一般。娇娘脱去外衣坐下来之前，还走近了将我的头按到她的小腹上。这个动作常常出现在我坐她站的情况下，我们用这样的姿势感受着对方的亲热，也得到自己的满足。我等她坐下来，问她前天圣诞节过得怎么样。她也问我。因为时间还早，我们先喝茶说话，然后才点了三四样菜吃饭，并且喝下了一斤黄酒。我们愉快得几乎决定不去看什么演出了，干脆慢慢吃，再喝些酒，我们想把这种轻松愉快的气氛，像墙壁上挂着的江南水乡小品油画那样嵌在框框里固定住。可是情形急转直下，我们借助着酒酣的谈话，不知道怎么就忽然变得非常不愉快。事情起因于我透露了前一天的聚会上女友也在，后来我喝高了，居然是被女友送回去的。娇娘如何都不相信我跟女友之间当时并没有发生什么，气急败坏地从包里掏出两张赠票，嚓嚓两下便撕掉一张。后来，经过我再三解释，娇娘一时平静下来，接着便陷入我们时常处于的犹疑矛盾的状况里。

"嘿，怎么又是这个样子。"我说。

"什么样子？"娇娘懒懒地问。

"别这样，好吗？"我说，"我想和你在一起生活。"

"这样说有用吗？"

"那你究竟要我怎样？"

"我没有要你怎样。是你要我。"

"我爱你。"

"别这么说。我不相信这样的表达，也不相信爱。"她说。

"我自己也并不相信。"

"那你为什么还要说？"

"因为我的爱恐怕比自己口头表达的爱要丰富。"

"我知道你的心思。"她说，"你又要把我当成你的姐姐。"

"我就是觉得你是我家里人的样子。"

"别恶心了。你要是真这么顽固地想，就成变态了。"

"我不认为自己变态。"

"变态的人哪有自认为变态的？"她说，"好了，我要去看演出了。"

"那我呢？"

"你该干什么就干什么吧。"她说着站起身穿衣服自顾自地往外走。

我迅速买了单跟出去，娇娘已经往保利大厦那边走远了。她刚才掏出票来撕的时候，我注意到票的排号，于是远远地跟在她后面，眼看着她进入剧场。我站在寒风中的剧院门口寻找出售退票的人。演出已经过了半天，我才买到一张退票进到剧场里。

领座员知道我原来的票丢失了，现在又买了张退票进来，等到节目的间隙，迅速地把我带到娇娘的那一排。娇娘正置身在黑暗中，她的眼睛呆呆地望着舞台，没有注意到我在向她挪近。最后，当我在她旁边的那个空位上坐下的时候，她转过头，先是惊讶，然后不出声地笑了。

"你跑不了。"我在她耳边小声说。

"赖皮。"她小声回应道，"快看吧，不说话。"

在整个观赏过程中，我和娇娘的手都攥在一起，我们相互感受着对方每一个手指上的细微动作，并且在那些动作里体味着情感的热烈、细腻和微妙。吃饭时候的怨气便如此这般地消散了。

10

成熟的娇娘在另一面也经常显露出童话般清纯的性情，甚至让我在许多时间里感受到的，却是比她实际年龄要小得多的表现。我也这么想过，娇娘给我的年轻印象中有没有虚假成分？我的结论是否定的。她有着非常拘谨的本质，即便在大家聚会的热闹场合上，她永远都是一个人坐在角落里喝酒观望，从不会参与任何蹦蹦跳跳的活动。但她的安静绝不至于影响别人的欢乐情绪，她也会在一旁不过分显露自己地起哄制造气氛。她在许多方面都还保持着一个女孩子的腼腆和羞涩，甚至在我们亲热的时候，我觉得她对不少行为都是好奇的生疏的，都小心翼翼地试探着。她总是在外人面前显得开朗，动不动就会因为一点点事情而兴奋，为人家的一句并不十分可笑的话而乐得死去活来。每到这种时候，我都要对她说："行啦，差不多就行啦，有那么可笑吗？"

"就是可笑，就是可笑。"她说，"你这个小孩儿，居然敢管我！"

"不管行吗！"我严肃地说，"看你的样子，少见多怪的。"

"你还讲！"她摇晃着我的胳膊，说，"可是，我喜欢你严肃，喜欢被你管！你管我吧。"

"当然要管，否则你像个疯子。"

"去你的！你才疯！"她说，"你严肃起来特别像我爸。"

"还有什么地方像你爸？"

222

"你认真的时候就像我爸。"她说,"尤其你对我关心叮嘱什么的时候最像。"

"好,我就是你爸,你是我女儿。"我说,"乖一点,妈妈就要回家了。"

"恶心!"她又为这么句话笑了半天。

几天以后,新年到了。娇娘要在家里带孩子,我们便约好元旦的这些天两人不见面,也好给我个完整的时间用于剧本的集中写作。我问她,要是我想她了可怎么办?她说我随时都可以给她的手机挂电话。

一天下午,我因为头天夜里开夜车搞剧本提纲,午睡的时间就很长。正在被梦魇搅扰得挣扎着想要醒来的时候,房门轻轻地被敲响了。我听见一个小孩子细声细调地在外面说话。原来是娇娘带着她的儿子来看我。那小精灵样的儿子叫了一声"叔叔",进到屋里便不停地东张西望,似乎对一切都发生着浓厚的兴趣。

"晚上我带他去儿童剧场看演出,顺路过来看看你。"娇娘说,"我来之前犹豫半天,害怕打搅你的写作。"

"没有打搅。要不是你们来,我睡得恐怕醒不过来了。不过,你看,我什么准备也没有,也没有给孩子吃的东西,只能喝水了。"

"没关系,我们坐一下就走,还要到王府井书店转转,给他买几本画书。"娇娘说着从包里拿出两包饼干和一大袋牛肉干,"我就知道你这里肯定什么都没有,这些是给你晚上饿了吃的。"

"谢谢你。"我叫着那儿子的小名,"我认识你。"

"你怎么认识我?我就不认识你!"孩子伸出一只手指着我。

娇娘制止孩子："没礼貌，对别人说话不能这么指着人家，懂吗？跟你说过多少次，怎么就记不住！"

"我就指！指这个人！"孩子顶撞她。

"就不允许你这么指！"娇娘突然发火了，"你再这样一次，就要挨打了！"

那孩子看看他妈妈，又猜疑地望望我，问："他是谁？我们为什么要来他家？他家真破！"

娇娘连续狠狠拍打了两下孩子的屁股："你今天是怎么了，怎么这样不听话！再不听话妈妈就把你带回家去，让爸爸教训你。"

"爸爸不教训我，爸爸教训你！"孩子哭着，一副不甘示弱的样子，"我爸爸有钱，他把你轰出去！"

我发现娇娘的眼睛一下子就红了。

"走，我们走吧。"娇娘拉起孩子对我说，"对不起，今天打搅了。"

后来我才知道，那些天娇娘在家里非常不愉快，她甚至都想要从家里出走，跑到一个任何人都找不到她的地方去。这几天，她的丈夫又是因为一点小事同她争吵不休。他们双方的忍耐都是惊人的，传统的家庭观念和生活的现实状况最终还是要以情感的牺牲为代价。她说："要忍，什么我都必须忍。可是总有一天我就不再忍了！"娇娘还说孩子特别像他爸爸的精明，已经被他们溺爱坏了。她承认，带孩子到我这里来也是不明智的做法。那孩子似乎什么都已经懂了。其实平时还听话，就是在我那里有意胡闹，他的很多东西都是从电视节目上学来的。真搞不明白我们的电视节目综合起来，会给予一个小孩子什么样的教育，照他们现在这样的精明早熟，将来长大以后可怎么了得。娇娘说她儿子见了我就不听话，而且只见过一次便印象很深，他对娇娘其他的男性朋友和同事都有近似的表现，他就像是他爸爸的一个小侦探，或者就是他妈妈的监管人员，时常防范着他妈妈会被别的男人骗走。

11

新年以后，剧本的提纲已经完成了，包括详细剧情、人物小传、语言提示和结构形式安排，往下的写作就要轻松容易多了。我要创作的是一出典型的幽默轻松喜剧，其中有不少地方借鉴了中国传统戏曲和相声的艺术手法，可以说是一次新颖的尝试。

今后的创作任务眉目清晰了，我便有了几天时间能够放松地跟娇娘在一起。我们无非就是重复着日常的都市生活，有时候一起回想我们共同的西藏游历。我们还偶然走到娇娘任教的学校去转一圈。其实，她的学校我曾经来过，也有朋友在这里工作。所以，在校园里走着的时候，我感到一点紧张，生怕见到熟人，会从我们的眼神和举动中发现什么秘密，不管怎么说那会对娇娘不利。可是娇娘并没有什么担心，"管他呢！看见就看见了，看见才好！"她说着，还故意挽住我的胳膊。直到这时，我才真正地发觉娇娘的胆大和热情。"你真是个不同寻常的女人。"

"当然。"她果断地答道，"我是谁！"

"我虽然从小就在这座城市里长大，可我觉得还是不如你能适应都市生活。我在城市里经常会感到一种莫名其妙的恐慌。"

"其实我也和你一样。"她说，"另外还有一种孤独感好像从我记事起一直到现在都伴随着我，我也不清楚这是怎么一回事。"

"我们似乎永远也没有归宿。"

"是的。人生真是太奇妙了。"她说，"好在我们还有自己的艺术。"

"你说得对。我们还有着如同信仰一般的艺术。"我说。

12

"嘿，我还是觉得你像我姐。"

"你怎么又有这种想法了？"娇娘说，"我看这都成了你的一个情结了。"

"说得对。这就是我的情结。"

"你上次说要去杭州找她，打算什么时候，要不要我和你一起去？"

"得等到我的剧本完成以后。"

"那会是什么时候？"

"怎么也是春节以后的事情。"

"好呀，那时候天气也暖和些。"

"干脆，到时候你打前站先走，我随后紧跟着去找你。"我说，"你就扮演成她算了。"

"去你的！我又不是你的人物！"她说，"你为什么会有这种想法？"

"什么想法？"

"把我当成你的姐姐呀。"

"你像。"

"既然如此，我们一开始就不该那样。"

"如果不那样，我们还会像今天这样在一起吗？我们会有这么多的了解吗？"我问。

"这么说你和我好，仅仅是作为你想把我当成你姐姐的一个手段了？"

"开玩笑！开始可没这种想法。"我说，"不过，我们在好的基础上再增添一些别的情感不是更好吗？这就叫锦上添花。"

"什么意思？"

"意思嘛，意思就是我们要好上加好，亲上加亲，我们既是情人又是姐弟。"我说，"反正我不相信男女之间永远牢固的爱情，我得给咱们的关系再加上一把锁，一把姐弟情的锁，这样才能牢固一些。"

"你真是怪。哪里来的这种想法。"她说，"不过，我好像明白你说的意思了，也许我们都是惧怕孤独的人，我们都天性敏感、怀疑，为命运的不测忧心忡忡。"

"我们追求完美和永恒。"我说，"我们是为想法而活着，并不过多地考虑现实和物质。"

"本质里你更是这样，但我却做不到。"她说，"好吧，我答应做你姐。"

"我又不是真有这个意思。"

"你看看，马上你就变了。"她说，"到底你要什么？"

"我又觉得不对了。"

"就是呀，世上哪里有我们这样的关系。"

"看来我们之间的姐弟关系更不牢靠，还没开始就已经土崩瓦解了。"我说。

"矛盾吧？"

"矛盾。"我说，"真是要命的矛盾。"

"还是现实一点吧，该什么就什么。"

"对。"我又说，"那如果你真是我姐呢？比如，当时她失踪以后也不一定就在杭州，而是被领养到了上海？你想想，你父母为什么那么大年纪才生你？"

"别吓人好不好。真那样就糟了，我不管你，反正我只好去死掉。"娇娘说。

"难道就连臆想都不成吗？杭州和上海离得那么近。"

"别恶心了。你行我不行，假如我和你一样有了这种臆想，那也只好死掉。"她说，"但臆想也要有起码的根据，你姐姐是杭州人，我出生在上海。我可是有出生证明的，还有我父母保存下来的我的脐带呢。你就别做梦了。"

"我不就是希望咱们成为亲人嘛。"

"亲人当然好了。"她说，"如果我小时候能有你这么个弟弟给我做伴，我也会感到幸福，因为我太寂寞了。"

"你是不是已经能够想象出我们小时候在一起的样子了?"我问。

"快别开玩笑了,你这不就是非要让我产生臆想吗?"她说,"也是啊,中国人口这么多,不搞计划生育肯定不行,可是每个有孩子的家庭都只有一个孩子,他们的将来会不会也跟我们一样?独生子女的心理成长也应该作为一个课题来研究研究。"

"你看,咱们一说就往深刻里去了。我们总是习惯把过去、现在和未来放在一起来认识问题,可是真把这三者放在一起,就显出了沉重。所以,就行动的意义和本质说,只有现在,没有过去和将来,否则一切会变得虚无缥缈。"

"好吧,你说我们现在干点什么?"她笑着问。

"现在让我亲你。"

"好,我让你亲。"她说。

"让我要你。"我说。

"好,我让你要。"

"可是,我依然觉得孤独。"我说。

"我也一样。"

"整个人类都是孤独的。"我说。

"快点要我吧。"她说。

13

　　转眼临近春节。我的剧本写作已经开始。春节这些天，朋友们探亲的探亲，出门旅游的旅游，日常聚会没有了，写作时间相对完整，我计划一口气集中完成剧本的初稿，更多的时间留给修改，还可以在三四月间提前完成任务。

　　跟父亲商量除夕晚上打算一同到外面吃饭的电话刚刚挂断，娇娘的电话便打进来。她在电话里说，过一会儿就走，航班是中午的。她一早接到爸爸的电话，她妈妈突然住院了，要她立刻带上儿子回上海。她说她妈妈的突发病情非常危险，她都害怕赶不上了。我安慰她，问她我能做些什么。娇娘说，不要你做什么，我就是跟你说一声，你好好过节，好好写东西，我回来以后再跟你联系。我让她随时给我打电话。她答应着便挂了电话。

　　娇娘去上海以后，我无数次给她的手机打电话，都是关机状态。我不知道她的情况究竟怎样。

　　同父亲过了除夕。那天晚上我们正在吃饭，妈妈的电话从拉萨打过来，向父亲和我问新年好。妈妈准备今年的藏历年在拉萨过，她眼下住在一个老同事的家里。妈妈说她已经做了打算，准备夏末到北京来，然后住到第二年的春天再回去，也许还会住得更久一些。我和父亲在电话里都显得非常高兴。听得出来，妈妈那边也很愉快。

娇娘走了有一个多星期了。一天清早我还在睡着，手机响了，电话号码显示上海的区号，我知道这一定是她。

　　"嘿，是你吗？"接听以后那边没有声音，我急着问道，"嘿，怎么不说话呀？"

　　"是我。"娇娘抽泣着，"妈妈走了。"

　　"什么时候？"我问。

　　"刚刚，五点十分。"

　　听到这个消息，我不知道该怎样安慰她。我说："千万别太难过，好吗？"

　　"我不知道该怎么办。"

　　"我爱你。别哭好吗？"

　　"我想你！想见到你！想现在就见到你。"从声音里，我听出娇娘心痛欲裂。

　　"好，好，我马上就去看你。"

　　"不要！"她说，"你别来。"

　　"我一定要去！你现在什么地方？"

　　"不要，不要你来！"

　　"你现在什么地方？"

　　"医院。"她似乎平静下来，冷冷地说，"但是你不许来！我心里很乱，请你别来烦我！"

　　"好的，我不去。"我语无伦次地说，"你要我去吗？"

　　"不！我要挂电话了。"

　　"我给你打过电话。"我说。

"我知道。"

"我想着你，知道吗？"我说。

"当然。"

我还要说让她保重，照顾好父亲。可是电话里传出来的已经是忙音了。

又过了几天，娇娘任何音信也没有。在这些日子里，她的手机照旧是关着的，好像她在这个世界上根本就不存在一样，或者曾经存在，现在突然地如同影子般消逝了。

同娇娘始终联系不上，我的心里便时常处于慌乱的状态，不知道今后的时间会生出怎样的变故。于是，我更加紧了剧本的创作和修改，春节过后不久便将初稿交给了剧院。在这期间，女友找过我两次，我无心跟她说上哪怕一句话。女友见我对她的态度如此冷淡，总是心事重重的样子，就狠狠地甩给我一句："你简直是发神经！"然后便走了。

14

一个月的工夫很快过去了，娇娘的手机依然处于关机状态，我搞不清楚她究竟从上海回来没有。

这天晚上，偶然地拨通了她住处的电话，响过几声后没人接听，我便挂断了。然后，我又重复拨打她住处的电话，就那么让它通着，我尽情地想象着娇娘就在那个我熟悉的房间里走动的样子：无绳电话放在书房座机那里。娇娘躺在床上，她懒懒地翻起身，也不拧亮床头灯，用脚划拉着找到拖鞋。然后，她慢慢走近电话机旁，一只手迟疑地拿起听筒……

铃声就在这个时候神奇地止住了，我倒被吓了一跳。

"喂？"娇娘有气无力的声音，"哪位？"

"嘿，是我呀！"终于和她联系上了，我真是激动，"你回来了，什么时候回来的？"

"回来有一个星期了。"

"哎，怪了！那你怎么不给我电话呀！"

"我病了。"

"怎么不好？"我问。

"头疼。"

"是不是发烧了？"

"可能是吧。"她剧烈地咳嗽着。

"你还咳嗽。"

"对。"

"去医院看过吗？"

"一点病，去什么医院。"

"那你吃药了吗？"

"吃了。"

"怪，你回来怎么也不跟我联系？"

"这不是联系上了嘛。"

"嘿，要不是我给你电话，你打算什么时候跟我联系？"

"我特别不舒服。"

"我去看你。"

"别！"她突然醒过神儿的样子，紧张地说，"千万别过来！"

"怎么了？"我问。

"没怎么。"她说，"就是身体不舒服。"

"我去看你，现在就去！"

"你别来。"她坚决地说，"我现在不想见人。"

"那你爸爸好吗？"

"谁？"娇娘好像没有听我说话。

"我问你爸爸好不好，怎么啦你？"

"噢，还行吧。"

"我要见到你。"我说。

"没什么好见的。"

"你到底是怎么啦？"

"没怎么。"她说。

"我他妈想见你！"

"改天，好吗？再打电话。"

"哪天？"

"再打电话吧。"

"我操！你，怎么突然这么冷淡？"

"没有呀。"她语气平和了一些，"我真是不舒服。"

"那你休息吧。"我无奈地说。

"好的，再见。"

我放下电话，百思不得其解娇娘究竟是怎么回事。我在什么地方得罪她了？也没有。或者，我们之间就此完结了？可这到底是怎么回事呢？她在电话里那样冷淡，也真是伤害了我的自尊心，我不愿意再主动跟她联系了。真他妈的有病！我气急地啐了口唾沫。转念一想，我不该这样，也许娇娘因为自己母亲的离去还没有从痛苦中走出来，让她安静一些日子，等她恢复过来以后再说吧。

15

没过两星期，娇娘来了电话，约我中午一点半到朝阳门的星巴克咖啡厅见面。

那个中午的空气里夹带着些许暖意。阳光灿烂，天色湛蓝。就连背阴墙脚下的脏雪残冰也融化了，裸露出来的地面泛着湿润。如果仔细看，街道两旁杨树的枝条上突起着许多花苞。所有的人都知道，真正的春天已经近在咫尺。

我比约定的时间提前地赶到星巴克咖啡厅，娇娘还是先我到了。一进门我就看到她穿了身黑色衣服，正坐在靠窗的地方翻杂志。咖啡厅里的客人不多，娇娘一个人坐在那里显得非常出众。她没有注意到我进来。我走近她，这很像电影里一个缓慢的长镜头，渐渐地将她拉近了，直到我看见桌上咖啡杯沿儿上的口红痕迹和她手上杂志的特写，最后我看到的是她手指上的婚戒。

"嘿，你好。"我说。

她抬起头来认真地看我一会儿，淡淡地笑着说："来啦，坐吧。想喝什么咖啡？我为你要。"

"随便。"我说，"就要那种普通的。"

"好，你等着。"她站起身去柜台买咖啡，又回过头小声问，"喂，来一块点心好吗？"

"我吃过饭了，不想吃。"

"必须吃！陪我。"她说这话的口气，有点像大人对孩子的感觉。

我笑了笑，说："好。"

"那就推荐你吃一种。"

我冲她点点头。

娇娘的精神气色看上去非常好，整个是一副光彩照人的样子。我更喜欢从背后注视她的身体，线条流畅而圆润，成熟又不失青春的活力。等她端着托盘坐回来的时候，我问："嘿，你身体好些了？"

"没事了。"她说，"彻底好了。"

"门口怎么没见你的车？"

"噢，今天我打车出来的。"

"家里好吗？"

"还那样。"

"我是问你爸爸怎样。"

"噢，他已经恢复了。我有个叔叔在日本，爸爸可能下月到他那里去住些日子。"

我伸出手去摸摸娇娘的脸，她用两只手抓住我的手紧紧地在自己脸上贴了贴，然后便松开了。

我问："那天怎么对我的态度那么不好？"

她笑笑，说："没有呀，没有对你不好。你觉得我对你不好吗？"

"当然不好，我都生气了。"

"别生气。"她拍拍我的头，"好吗？不生气。"

"我们的关系是不是已经变了？"我问。

"你觉得变了吗？"

"好像变了。"我说。

娇娘沉思良久："我问你，你觉得咱们这么下去，对吗？"

"你是说咱们的关系？"

"当然。"她说，"那还能是什么？"

"你觉得？"

"我在问你。"她说。

"我爱你。"我看着她。

娇娘笑得非常轻飘，反问："有用吗？"

我盯着她："你想得到什么回答？没用！屁用没有！"

"我知道你爱我。"

我打断她："那你不爱我吗？"

"这还用说？"她接着，"可是……"

"可是什么？可是你已经有家有孩子？可是你不愿意舍弃你的一切？我又不是陪伴孤独女人的人！"

"说什么呢！"娇娘的声音忽然提高了八度，"你怎么可以这样对我！"

"小点声！"我制止她。

"反正你们男人都一样。"她说，"自私！"

"你说我？"

"对。你也一样！"她说，"我见多了。"

我镇定了一下，说："嘿，我们在一起吧。"

"因为同情？"她不屑一顾地问道。

"怎么是同情。"我说。

"那又会怎样？"

"你要怎样？"

"我也不清楚。"她说，"不知道。"

"我们不是挺好吗？"

"是好。"她说，"可是又能怎样？"

"不行就算了！"我不耐烦地说。

"我说算了吗？"她眼睛红红的，要哭出来，"妈妈是在我怀里走的。现在，除了爸爸和孩子，我就没有别的亲人了。"

"还有我。我应该是你的亲人。"

"也许吧，但愿。"娇娘说着又认真地看我，"可是，怎么可能呢？"

"怎么不可能？"

"你又要恶心了。"她说，"这就是你自私的地方，你的情感更偏重你自己。"

"可是我并没有伤害你呀？"

"你是没有伤害我。"娇娘说，"好啦，咱们不说这些吧。"

"那说什么？"

"我也不知道,反正不说这些了。说说西藏吧。"她转而又问,"你父母好吗?"

"他们都好。"我说,"我妈可能夏天过了要来北京。"

"是吗?那太好了。我也真想能见见他们。"

"那非常容易。"我说。

娇娘眼睛发愣地摇摇头。

"剧本写得怎样了?"她茫然地问。

"已经完成了。"

"真好。"她说,"还是西藏好,我总想那些日子。"

"我也是。一回到北京,就觉得浑身无力,精神涣散。不单西藏,只要是我能到偏远的地方走走,好像就有了信仰,心就能飞起来,就觉得自己有用。"

"我说过,你是个有理想的人。"

"看来,咱俩只能在别的地方才能找到感觉。"

"也许吧。"她说,"最好是到一个没有人的地方。"

"那就去上帝的葡萄园吧。"

"对。"娇娘说,"到冈仁波齐也行。我喜欢那个地方,特别纯净。"

"可以去那里转转山,洗清自己的罪孽。"

她又是自顾自地摇摇头:"一个人真要是有罪孽,能洗得清吗?我不相信。"

我望着她:"你知道我现在想干什么?"

"你说吧。"

"想亲亲你。"

娇娘笑了笑，转移话题说："应该理发了知道吗？你还是寸头好看。"

"没工夫。"

"头发这么长，显得很颓废。"她说，"是不是从西藏回来以后就没理过发？一会儿我陪你去，听见没有？"

"那你得答应我一个要求。"

"什么要求？"

"一起吃晚饭。"

"好呀。"她显得很高兴。

"然后再到我那里去。"

"不行。"她说，"我晚上还有事情。"

"我们已经很久不见了。"

"现在不是见到了吗？"

"不。我想要你。"

"别这样。"她皱皱眉头，"我们不是已经说好了？不能再这样下去了。"

"说过吗？"我诧异地望着她。

"当然。"她说，"这样下去对你对我都不好。你将来应该有你自己更好的生活。"

"我就觉得你好。"

"将来你就不会这么看。我比你大多了。"

"这是理由吗？"

"当然这不是唯一的理由，但事实肯定不会是你现在想象的那么好。"

"将来再说将来。"

"你真是个孩子。"娇娘说，"虽然沉重，但过去与未来毕竟都和现在连在一起，谁也不可能去解开那些结。"

"我要你。"

"听话，别任性好吗？"她说，"也许我现在真有了你说的那种臆想，过去的感觉已经变了。"

"你是指姐弟？"我说，"那怎么可能，完全开玩笑嘛。"

"万一不是玩笑呢？"她说，"不能总是你想要什么就是什么，你不想了就没有，这就是你自私的地方，你还要学会负责任。"

"好吧，我自私。照你这个标准，任何人都是自私的。"

娇娘说："好啦，不早了，我陪你理发去。"

我们在咖啡厅里整整坐了一个下午，离开的时候已经快要黄昏了。娇娘拉上我到朝阳门内的一家理发店剃头。从理发店里出来的时候，她欣赏地看着我，摸摸我的头，说："就是，这样多精神，你以后就留短发，听到没有？"然后，她挽起我的胳膊去吃饭。

16

娇娘和我商量到什么地方吃饭，最后我们定在了城北亚运村的"蜀南人家"，这也是一家专门经营四川菜的饭馆，我们都喜欢品尝这家菜馆的干煸豆角、粉蒸排骨和清淡的小白菜豆腐汤。

正是华灯初绽时分，大街上车水马龙。我们在朝阳门内大街、朝阳门立交桥、安定门外大街、蒋宅口和安贞桥都遇到了堵车，用了四十分钟才到亚运村的那家饭馆。这时，我们都感到非常饿了，尤其娇娘，她中午就没吃饭，下午的咖啡和点心根本就不起作用。

吃饭的时候，娇娘主动提出要喝点白酒，于是我们点了一瓶精品二锅头。几杯酒下去后，娇娘的脸上泛出红晕，目光晶莹闪烁，话语也是滔滔不绝，她好像又恢复到了我们在西藏时的快乐样子。

因为酒的作用，我们似乎一时都忘记了什么，变得单纯放松。娇娘晚上和朋友的约会也取消了，我高兴得真是要欢呼起来。我们喝白酒，也喝啤酒，就连邻桌客人和走来走去的服务员看我们都非常好奇，他们心里可能会想，这一男一女怎么这样能喝。

我和娇娘频频举杯，一饮而尽，每一口酒每一句话都仿佛是在履行一个圣洁的仪式，所说出来的话全都是胡言乱语。我们一会儿要拜亲姐弟，一会儿又取消这种关系；一会儿为双方父母喝酒，一会儿又因西藏干杯。娇娘显然已经醉了，可是她还不停地要酒喝，整个一副自暴自弃的样子。我劝她，娇娘根本不听，她总是无比张扬地说："我是谁！"你是浣熊！你是蟑螂！你是袋鼠！你是苍蝇！我们又开始玩那种老把戏，搬出一些动物和虫子来互相指对，笑得忘乎所以，泪流满面。

趁着脑袋还算清醒，我赶紧把账结了，搀扶着娇娘离开饭馆。

一进到出租车里，娇娘就把头靠在我胸口上哭起来。司机很不乐意地问是不是喝多了，要吐的话说一声。娇娘听到后便冲司机大喊大叫："你喝多了！你吐去吧！我是谁！"我跟司机道歉。司机笑笑说没关系，你们喝高兴了就好。

从吃饭喝酒一直到把她送往住的地方，娇娘酒醉之后的话里透露出她内心的烦闷和痛苦。我知道她经常是晚上一个人在家里喝得酩酊大醉。我还知道她妈妈在生命的最后几天，同她和她的爸爸说了许多话，娇娘就是在那样的时刻才真正地认识到父母对她的爱。如果没有他们的爱，娇娘说自己连一粒灰尘都不如。

还在车上的时候，娇娘的头发被冷汗打湿着，黏在了脸上。我拨开娇娘的头发，轻轻地抚摸她细腻的面孔。她的眼睛紧紧地闭着，在长长的一声叹息之后，她的脸上又现出了婴儿般安详的表情。街灯的黄光就在这张纯净的脸上滑过。我亲吻她。娇娘的嘴唇犹如在睡梦中一样，下意识地张开迎合着我，喃喃地耳语道："不要离开我，不要离开我，好吗？不要离开我，小孩儿。听话，你是个好小孩儿。我们拜吧，小孩儿，我们已经拜了，是不是？你喜欢我，是不是？你为什么喜欢我？我们就是亲，对吧？我们很亲很亲。抱紧，快抱紧，我冷。怎么还不到。快到了吧？我们不应该这样，知道吗？这样不好，这样非常不好。都是命，所有都是命，现在我相信命了。"娇娘的头在我怀里拼命地扭动，她好像是在挣扎着拒绝着什么，泪水一直不断地淌下来。我真是搞不清楚，在她的心里究竟隐藏着多大的痛苦。我想，那痛苦的根源一定是如同疾病一样的孤独。如果这样的孤独是可以传染扩散的话，也不知道在我和娇娘之间，到底是谁先感染上的这种疾病，并且是从什么地方感染的，什么时间感染的。

17

好不容易才把醉倒的娇娘搀扶到她的住处。

进门后，娇娘便接连大吐了三次。我把她抱到床上，为她宽衣，让她用水漱口吐到盆子里，用热毛巾给她擦了脸和手，又收拾了她吐到地上的污物，然后就昏昏沉沉地在沙发上睡了。

夜里，我迷迷糊糊地听见娇娘起来的动静。她去了洗手间，喝水，又给我盖着外套的身上加了一条薄毛毯。我知道她的酒醒了，但因为自己头昏脑涨，就不想睁开眼。娇娘以为我已经进入到了梦乡，就跪在沙发边上。她可能是在看我。过了好一会儿，娇娘握住我的一只手，在我脸上亲了亲，就把我睡前忘记关的灯熄掉，然后回到她的卧室里。她刚才所做的一切都让我感受到莫名的幸福。就是在这样的幸福感受里，我彻底睡去。

天刚亮我便醒了。我看见窗外的颜色很像在西藏露宿的黎明。在这个都市里，我时常会有这种错觉。我的精神被自己的错觉一振，马上翻身起来，似乎那遥远的天边传来一声声激情的呼唤，催促我赶紧启程。可是，当我站到窗前往外看去的时候，自己的行动欲望瞬间即逝，那如同困兽一般的焦躁猛然涌遍全身，无处宣泄。我想到要给窗外的都市景象配上一曲萨拉萨蒂的小提琴曲《吉卜赛之歌》。

娇娘依然睡着。我走到她的床边，把脸伏在她的被角上，娇娘被子上我熟悉的香水气味是那么清幽。这时，她的一只手伸出来按住了我的头，身体不动地说："你怎么就起来了，小孩儿？"我答应着。她翻过身来睁开眼："怎么不睡了？你还是在路上的样子，睡得那么少，那么轻。"

"我想和你躺躺。"

"你说，转冈仁波齐真的就能洗清自己终生的罪孽吗？"

"为什么突然问这个？"我说。

"你先回答我。"

"当然。"我敷衍道，"让我在你身边躺躺好吗？"

娇娘看着我，犹疑了一下说："那你把毛衣脱了吧，咱们再睡一会儿。"

她为我扯过一半被子盖上，然后就转过身去。我从后面把她抱住了。

"别闹，好吗？睡觉。"她说。

"我想你，我想要你。"

她突然把身体转过来，紧张地盯住我，说："我们不是说好了吗，不再这样了？"

我抚摸着她，说："我就是想。"

娇娘用力地挡住我的手："不行！不行的，你不能这样！"

"我非要。"

"你为什么这样？"她拒绝着，"为什么？你为什么？"

这时，她的身体已经完全瘫软了。我们紧紧地连在一起，那种爆发出来的情感，任什么力量也难以把我们分开。

娇娘和我的渴望就像我们的第一次。甚至在我们高潮的时候，她哭着用两只手轮换狠狠地抽打我的脸和肩膀，并且喊道："你要！你就是这么要我！我让你要！"

眼前完全空白了。感觉就像屋顶被一股神力的飓风突然掀开，白花花的阳光遍洒下来，将所有的地方都照得炽热明亮。

18

印象中娇娘抱着我躺了躺，便轻轻地起身下床离开卧室。

我好像睡着了一会儿，等到我清醒过来，先是听见客厅里传出的细微动静，然后就意识到娇娘在哭。

我赶忙出去看，只见娇娘怀里抱着那条薄毛毯正坐在沙发上，她的短发凌乱着，脸色也很不好看，一副失魂落魄的样子。我问她任何话，她都不作回答。最后，她眼神呆滞地盯住房间里的一盆巴西木，说："你走吧。"我一下子不明所以。她又说："听见没有？穿衣服走人！"说着，她站起身进到洗手间里，并且把门重重地关上了。

穿起衣服，我不走，就那么安静地坐在沙发上，听洗手间里传出哗哗的水声，我知道娇娘是在洗澡。不久，水声停了，整个房间里显得异常宁静，能听到遥远的一两声汽车喇叭。

娇娘身上裹着浴巾从洗手间出来，看也不看我一眼，直接进到卧室里。我不动，依然坐在沙发上，感觉自己像是等候在医院病室的门外，随时都有可能被大夫叫进去看病，或者得知被守候的人最新的病情。结果，娇娘换上衣服站到了卧室门口，直直地望着我，突然嚷道："你还不走！"

我见她眼睛里有泪，站起身，说："马上走。可你这又是怎么了？"

"没怎么。"她说，"走吧，好吗？"

"不，你一定跟我说说，这算怎么回事？"

"你问我，我问谁去！你走！"她说，"而且，今后我再不想见到你。"

"你什么意思？"

"没意思！知道吧？没意思！"

"怎么就没意思？"我都不知道该说什么了。

"本来就没意思！"她说，"一点意思也没有。"

"你真是怪。"我说。

娇娘立刻接过话来："知道吗？你让我恶心！"

"这就更怪了，简直莫名其妙嘛。"

"什么莫名其妙。"她说，"恶心！你这么大的人难道不懂吗？"

"我怎么就一下子让你恶心了？"

"滚！你走！"娇娘的身子晃了晃，突然弯着腰跑到洗手间去。

我听见她在洗手间里的呕吐，赶紧追进去为她捶背。娇娘趴在马桶上大吐不止，没什么东西，全是汤汤水水。呕吐的间歇，她用劲地甩开我的搀扶："走开！你走开！"

"别这样。"我问，"你怎么了，还难受吗？"

"走开！"

我猜测着又问："是不是，你是不是怀孕了？"

"走开！怀什么孕！"她说，"我就是见了你恶心！"

"那，昨天我们不是好好的吗？"

"没有昨天了！你懂不懂！"她嚷道，然后平息下来，"走吧，听清楚没有，我们这样不好，不正常。"

"我们早晚要在一起。"我说。

"不可能，我们也没有明天。"

我站在她身边愣了愣，然后发狠地推她一把，气急败坏地走出来。

我想，我跟这个女人算是完了。或许我们的生活差别太大吧，反正我也仿佛猛地意识到了我们之间的许多差距。今后，我们置身于这个大而无当的城市里还能再次相见吗？就真的这么完结了？

阳光、行人和车辆杂乱地在我眼前晃动，可是却听不到任何声音。我心里怀着愤怒的情绪，不清楚如何才能得到宣泄。如果真就这么完结了，那她何必非要留给我最后这样的一个场面？如果我们今早没有在一起，会是什么样子？会不会好一些？如果我送她回来安顿好以后，自己便离开，会不会好些？如果我们都没喝醉，会不会好些？如果我们不在一起吃饭，等我理完发就分手，会不会更好？我百思不得其解。反正是要分手，我私心里拒绝着现在这样的结局。如果时光可以倒转，我真希望回到同娇娘在西藏的那次分别。我的脖颈上一直戴着那次分别时娇娘送给我的项链。

在冈仁波齐山下，太阳已经普照了广大的荒原，娇娘乘坐的车子很快便融入到金光闪闪的空气里。我一直望着她的车子走到很远的地方，最后消失在一派光尘之中。

这个时候，我的听力似乎已经恢复过来，我好像听见了自己的那一声吼叫。声音在山地中久久地回荡，惊扰了那些小动物。我所有的知觉和意识都获得了苏醒。我发现因为刚才自己的那一声吼叫，街上的许多人都在好奇地朝我这边张望。街边一家小酒吧的店门紧闭着，悬在门额上的一串风铃叮叮当当地响，我意识到清晨的风依旧寒冷。

19

刚和娇娘分手的那些日子，我给她的手机打过无数次电话，都没有人接听。我想她因为看到来电显示的是我的手机，就有意不接电话。给她住的地方打电话，也没有人接。她就如同忽然从这个世界上消失了一般。只有一回，我给她的手机连续拨打电话，最后一次，对方没有接听便挂断了。虽然电话没通，但我知道娇娘至少看到了我的电话，挂断姑且也算是一种应答吧。我当然也设想过使用别的电话给她打过去，可是我用剧院传达室的电话，用单位附近街道的公用电话，用我父亲家的电话，她都没有接听。估计这些伎俩都被她识破了，她能够从号码上看出来电的大体位置。我曾考虑过，要不要使用一个她所了解的我活动地域以外的电话？但我想那办法轻易不能使用，否则将有可能促使她为了不接我的电话而更换自己的号码。所以，我已经很长时间没有她的音信了。

温暖的春风拂面而来。我打算用一个星期的时间到杭州去，按照父亲多少年前的线索，继续寻找我那个同父异母的姐姐。就在临行前的晚上，我正好到西郊一家宾馆看望外地来京出差的朋友。我想到应该从宾馆里给娇娘一个电话。此前，我已经许久没有给过她电话了，想必她不会认为这个电话就是我的。

果然，电话一下子就通了。

"喂，哪位？"是她。

"嘿，我。"

"你……在哪里？"

"在西郊一家宾馆。"我说，"给你打过好多个电话，怎么都不接？"

"是吗？"她装傻说，"没有呀。"

"你现在什么地方？"我问。

"在家呀。"

"明天我要出门了。"

"去哪里？"她问话的语速很快，显得紧张。

"杭州。"

"噢，我知道了，是那件事吧。"她说。

"对。我想去试试。"

娇娘那边静了静，说："其实，我觉得你根本就没有必要。"

"为什么？"我问，"为什么没有必要，你原先不是也觉得我应该去去吗？"

"真是没有必要。"她说，"你想想嘛，连你爸爸都没有找到，你去就有用吗？我觉得挺无聊的，因为即使找到，她和你和你爸爸已经没有任何关系。"

"我票都买好了，明天走。"

娇娘那边停顿了一下："那是坐火车还是飞机？"

"火车。明天下午走。"我试探着问，"难道你不想到车站送送我吗？"

"打算去多久？"

"个把星期。"

"那好吧。"她说。

"你真送我？"

"谁说过要送你？那么几天又那么近，有送的必要吗？"

我感到如果再说下去，保不准又是一个自找不愉快的结局，就说："那好，再联系吧。"

娇娘说："好的。"

第二天，我刚刚进站，远远地发现月台上娇娘的身影。当我正要看清那女子是否真的是娇娘的时候，她却神秘地消失了。我心情激动恐慌，赶紧追过去。那女子的身影又一次出现在前面。我叫她，可是转过身来的并不是娇娘。同样是这个女子，在我乘坐一夜火车到达杭州的时候，她又在站台上出现了。这个情景真叫我毛骨悚然，因为她出现在北京是送人，而出现在杭州却是在接人。我忽然遁入到蒲松龄的故事里。后来，那个酷似娇娘的女子好像一直尾随着我，或是在我的前面闪现。不管怎么说，她外出这些天，就连衣服也不更换一下吗？我甚至乱想，她会不会就是我要寻找的姐姐。其实，她或许已经不在了，那是她的灵魂，因为我的诚心，才从什么地方钻出来看我。

我在杭州给娇娘电话。她的所有电话都是通着的，可就是没有接听。

我在杭州的寻找比父亲还不如，就连以往的一些线索都已经模糊了。我的到来，不过就是如同一个践约罢了。上回父亲的寻找，我想实际也是一次践约。

回京以后我继续给娇娘电话，依然没有她的音信。

20

入夏的一天，剧院保卫科负责人找我，叫我去办公室一趟。在那里，我见到两个穿制服夹着黑皮包的公安，他们一男一女，向我了解娇娘的情况，并且告诉我知道多少说多少。

我先问他们怎么回事。

他们直截了当地说：娇娘已经失踪三个月了，从立案到现在，他们已经获得了一些线索，希望我能如实地多提供一些。并且说，找到我，是因为她手机和住宅电话上显示最多的就是我的手机号码，这说明了我们关系的密切。

我告诉他们，我同娇娘是无话不说的好朋友，去年在西藏认识，回京后一段时间有往来，可现在已经很久没有跟她联系上了，她的电话总没人接。至于我同娇娘的深层关系，他们并没有过问。他们还向我打听对娇娘的家庭有多少了解，我便把娇娘曾经对我讲过的一切都说出来。两个公安走的时候递给我一张名片，要我想到什么随时跟他们联络。

就在两位公安走出门外的时候，那个男的突然转回身站定了紧盯住我，问："三个月以前你有没有离开过北京？"

"有过呀。"我诧异地说。

"都到了哪些地方？"他跟着就问。

"杭州。"我说，"就去了一趟杭州。"

"和谁一起去的？"

"没别人，就我一个。"

"真是你一个人吗？"

"当然。"

"那你突然跑到杭州去做什么？"

我简单地把自己寻找失散亲人的前后经过讲给他们。并且补充说，去杭州的前一天晚上，和娇娘的通话便是我们最后一次联系。接着，我反问："这和案子有关联吗？"

男公安说："我们只是了解情况，有没有关系，还要看结论。谢谢你的配合。"

我说："对不起，我只想问一句，您刚才向我提出的问题，是不是说她也去过杭州？"

男公安走着说："这个嘛，我们一时无可奉告。先这样，有什么事情，我们还会随时找你。不过，她的那个电话你就不要再打了。"

公安走后，我回到房间里一个人枯坐了半天，心情极其失落，不知道该用什么方法才能排解自己的愁闷。被坏人劫持？或是自己离家出走？失踪这么长时间，娇娘会不会已经死了？我回避不开这些想法，但又不相信娇娘的失踪，总觉得她眼下就在什么地方，她一定活着，只是暂且还不愿意与这个世界取得联系。

21

日子继续平静地过着。我一切活动都离不开都市的各种生活场景，在饭馆里，在酒吧里，在书店里，在剧场里，在任何一条大小街道上，在地铁的哪一个站台，在公园的某一处长椅上，在我自己的房间里，在我的床上和枕头上，娇娘的幻影时时显现出来。她的头那么习惯地歪一下，然后对我笑着，好像是在逗我，又好像因为见到我，掩饰着她心里的欢喜。

直到有一天，我和几位朋友约会吃饭。刚进到那家餐馆，熟悉的场景便让我回想起自己也曾和娇娘来过这里，那次她说非常喜欢这个地方。为了表示自己的喜欢程度，她又玩着那个游戏，说假如找不到她，就来这个地方。我问她，你喜欢的地方太多了，以后我可是找不过来，你究竟最喜欢的是什么地方？

西藏，冈仁波齐。她的声音是如此遥远，有如风声回荡在空中。

餐馆里人声嘈杂。我忽然从座椅上站起来往门外奔去，朋友们都诧异地望着我。顾不得那么多了，我头也不回地对弟兄们大声说，我去西藏了！第二天，我直飞西藏拉萨，去了娇娘同我走过的住过的所有地方，并再次去了冈仁波齐，自然是任何结果也没有。我甚至就连自己这次西藏之行的印象都丧失了，只记得始终奔跑在恍恍惚惚的路途上，口干舌燥，头晕目昏，心脏已经脱离了自己的身体。

22

娇娘的下落依然不明。

我的西藏纪行已经出版，那书上的十幅版画插图还是娇娘为我绘制的。我的又一出小剧场戏剧正在火热地上演。事业的热闹与喧哗，反倒衬托着我内心的寂寞和冷清。我越来越想念娇娘，我想让她看见知道我的事情做得有多好，我还想闻到她脸上身上淡淡的香味。我现在只希望她是我的姐姐，是我最最亲爱的人，我还有许多话只想对她说。刻骨铭心的思念经常光顾我的梦里。我做了许多梦，娇娘在梦中真切地出现，她亲我，还用牙轻轻咬我的脸，而我也能用指甲真实地掐到她。白天黑夜，冬日夏季，时间在梦里极大地颠倒着，远方缥缈的场景也一并显现出来，我感到幸福温暖全身，同时也感到了某种恐惧，但恐惧是包含在幸福当中的。

由此而来，我对幸福产生了确切的认识。幸福就是回忆、触摸、声音、颜色、眼神、食物、气息、睡眠之后的苏醒、出发、爱与被爱、天边传来的召唤。幸福，就是希望着的。只要有娇娘的出现，哪怕是噩梦，也不愿意醒来。也有过一次这样的时候，我在自己的房门上给娇娘贴了字条，纸上写着我出去吃饭，一会儿就回来，你要等我。夜里，我回到住处，门上的字条不翼而飞。

公安方面再没有找过我。我也曾打过一次电话询问,公安的回答仅仅是早已立案侦查,目前没有娇娘任何新的消息。

夏天很快就进入末尾,妈妈从西藏来到了北京。在她所带的大包东西里,有几件给我的礼物。妈妈也没多说什么,将两个塑料袋交给我,让我拿回去再打开看,有些东西还可以送送人。

在父母那里吃过晚饭后便回到自己的住处。妈妈给我的东西里有藏香和民间工艺饰件,其中还有一小幅堆绣的唐卡壁挂。

我慢慢展开唐卡,心脏猛地受到一击。紧接着,鼻子被热气堵住了,一阵酸痛,再也按捺不住的悲伤全都喷涌出来。

一轮明月照耀之下的神山冈仁波齐在眼前变得越来越模糊。我的泪水刚刚擦去又流淌下来,犹如瓢泼大雨中汽车风挡上如何也刮不净的雨水,让车里人的视线只有瞬间的清晰。就在这模糊与刹那的清晰之间,我仿佛看见了娇娘柔和的面庞。

那一夜,我难过了许久。在后来半睡半醒的梦里,我分明听见娇娘的轻声呼唤:"小孩儿,你过来,到这边来。"我拼命想奔到她声音发出来的地方去,可就是身体沉重得怎么也挪不动。我惊醒过来,枕头被泪水浸湿了一块,脸上还挂着凉凉的泪痕,它们正在发干。我奇妙地感觉到,自己这才真正地长大成人。

尾　声

多少年如风似水地过去了。后来，达娃又遇到几个女人，最终建立了自己的小家庭，并且还有了一个可爱的女儿。但是，他所接触过的女人，包括妻子给予他的感觉，都不如娇娘细腻和深刻。在他看待任何女人的时候，都无法躲避与娇娘的比较。达娃在自己的心里深深地掩埋了娇娘，可他又会不时将娇娘挖掘出来，残忍地把她摇醒，然后默默地面对着她。

达娃已人到中年，事业有成，他的两鬓早就生出了白发。每一两年，他都要更换自己随身携带的小电话本。可是，小电话本虽然更换了几个，娇娘的名字和号码却依旧保留着，只是他再没有拨打过，他也绝不会拨打她的电话，因为他生怕娇娘那边照旧没有应答。

直到某天上午，达娃吃过早点，等女儿和妻子出门上学上班之后，他便同往日一样为自己沏了杯碧绿的龙井，坐下来打开电脑。静寂的房间里回响着电子信箱提示新邮件的动听的铃声。他耐心等待着发件人和地址、标题的显示，结果出现了二三十个陌生的垃圾邮件。达娃将熟悉的邮件看完并回复过后，便把所有的邮件进行删除，并且启动了垃圾邮件过滤系统。第二天上午，达娃的电子信箱照旧来了一大堆陌生信件。这一回，他没有立即删除，而是有选择地试探着打开其中的一个邮件。邮件内容显示出这样的文字：

　　小孩儿，你可好？为什么不回复我的信件？你能猜出来我是谁吗？

是她？娇娘？是她吗？房间里真是安静，暖气管里的水声显得很大。自来水管道也凑热闹发出杂音。楼上那户人家的小孩掉落到地板上一个乒乓球。达娃又紧张又兴奋地逐一打开其他陌生的邮件，结果都是同样的显示：

　　小孩儿，你可好？为什么不回复我的信件？你能猜出来我是谁吗？

此时的达娃已经浑身一阵一阵地冷热难耐了。他眼含激动的泪水，慌里慌张地逐一回复着那些信件：

　　娇娘，我知道你没有失踪。快告诉我，你在哪里。我一直想念着你。

回复的邮件发出去以后，达娃就每时每刻都接通着网络，焦躁地等待娇娘的来信。可是，每一次新邮件提示铃响过，都不是从她那里来的邮件。达娃急迫地又向那些地址发出了呼唤：

娇娘，我知道你在一个什么地方。你现在好吗？千万不要折磨我。快快告诉我，你在哪里。我想你。我都快要疯了！

就这么一直等了两个星期，还是没有娇娘的任何音信。达娃照着娇娘过去的电话号码拨打过去，听筒里总是传出：您所拨打的电话是空号，请查对再拨。

连续的两个月里，达娃继续不停地向娇娘的那些地址发送电子邮件，他甚至还想到将《圣经》里的《雅歌》摘录出一段发送给娇娘：

起来吧，亲爱的！
我的爱人，跟我一起走吧！
你看，冬去春来，雨季已经过去，
郊外的百合花也已盛开。
鸟儿歌唱的时候到了，
田野间已可听到斑鸠的叫声。
无花果开始成熟了，
葡萄树也已开花放香。

起来吧，亲爱的，
我的爱人，跟我一起走吧。
你像一只鸽子，

藏匿在岩石洞中，

让我看看你的美丽容貌，

听听你的美妙声音。

　　《雅歌》中的这段诗篇发出过后，达娃的电子信箱里很快就得到了一大堆回复。他全都打开来看，除了也是摘录的《雅歌》诗篇，多余话一句没有。那些诗篇写道：

我听见了爱人的声音，

他翻山越岭向我奔来。

我的爱人像羚羊，像小鹿，

他站在我的墙边，

从窗口向里探视。

他从窗棂往里窥望，

我的爱人向我倾诉衷肠。

…………

让美酒流入我爱人口中，

溢流于他的唇齿之间。

我属于我的爱人，

我爱人恋慕着我。

亲爱的，来吧，我们到野外去，

在郊野中住下。

我们要一早起来，到葡萄园去，

看看葡萄发芽了没有，

石榴吐蕊了没有；

在那里，我要把我的爱情献给你。

各样美果都将堆在我们家的门口。

亲爱的，无论新的旧的，

我都为你珍藏着！

但愿你是我的兄弟，

也吃过我母亲的乳汁；

这样，当我在街上遇到你，

跟你接吻，谁也不会责怪。

我要带你进我母亲的家，

让你指点我怎样爱你。

我要给你喝香料调制的酒，

也给你喝石榴酿制的酒。

你的左手托住我的头，

你的右手拥抱着我。

....

愿你的心只向我敞开，

愿你的手臂只拥抱我。

爱情如死亡一样坚强，

热恋如阴间一样牢固。

....

亲爱的，快来吧，

像一只羚羊，像一只小鹿，

悠游在芳草山上。

有一天，达娃又静静地坐到电脑桌前，手指在键盘上一声一声敲打，屏幕上跳动着显示出这样的文字：

小孩儿，你给我的一切都收到了，谢谢你。你问我好吗，我好，现在我非常好。

亲爱的小孩儿，你还记不记得冈仁波齐雪峰顶上的月亮？听话，永远也不要问我在什么地方。你应该知道：我在你的心里。

达娃敲打出这些文字后，便用他早已设定的不同的邮件地址，一一发向自己的信箱。然后，他将一张唱盘放进电脑的光驱，音响里渐渐传出《培尔·金特》中那曲著名的《索尔维格之歌》。歌声美丽而又凄婉。达娃终于收到自己等待了多年的音信。

达娃把娇娘在冈仁波齐送给他的那颗翡翠珠子从脖颈上摘下来，连同他和娇娘在西藏的所有照片，都封存到一只小小的木匣里。从此以后，他再也没有在睡梦中哭醒过。

《无性别的神》

央珍　著

分类：当代小说

上市时间：2018年11月

从贵族小姐到红衣尼姑，藏女央吉的命运之歌。

父亲去世后，家境一落千丈，自小被视为不祥的二小姐央吉卓玛，被母亲打发到乡下，在不同庄园之间流动迁徙、寄人篱下。她因此见识到生活和人心的种种，贪婪、狡黠、势利、残忍、剥夺、陈旧、虚弱、愚昧……当新的历史强力推开西藏的大门，梦想与追求也叩响了央吉卓玛年轻的心扉。

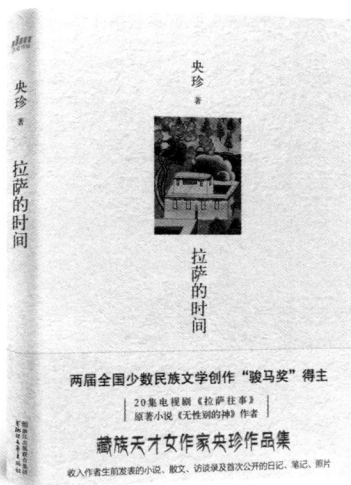

《拉萨的时间》

央珍 著

分类：文集

上市时间：2018年11月

央珍，西藏作家。1963年2月14日生于拉萨。1985年毕业于北京大学中文系。2017年10月12日在北京因病辞世。曾任《西藏文学》副主编、《中国藏学》副主编。曾两次获得全国少数民族文学创作"骏马奖"。部分作品被翻译为英语、匈牙利语等语种出版。

图书在版编目（CIP）数据

娇娘 / 龙冬著. — 杭州 ：浙江文艺出版社，
2019.1
ISBN 978-7-5339-5443-7

Ⅰ．①娇… Ⅱ．①龙… Ⅲ．①长篇小说-中国-当代
Ⅳ．① I247.5

中国版本图书馆 CIP 数据核字（2018）第 239075 号

娇娘　JIAONIANG

龙冬　著

责任编辑	瞿昌林
装帧设计	金　山
排版制作	尚春苓
责任印制	朱毅平

出版发行	浙江文艺出版社
网　　址	www.zjwycbs.cn
联系电话	0571-85152727
经　　销	浙江省新华书店集团有限公司
印　　刷	杭州佳园彩色印刷有限公司
开　　本	880 毫米 ×1230 毫米　1/32
字　　数	192 千字
印　　张	9
版　　次	2019 年 1 月第 1 版　2019 年 1 月第 1 次印刷
书　　号	ISBN 978-7-5339-5443-7
定　　价	39.80 元

读蜜传媒

图书　版权　影视

作家之家，IP之巢
Writer's home and IP's incubator